KB068525

열여섯,

그 너머의
기록

2023 대구광역시교육청
책쓰기 프로젝트

열여섯, 그 너머의 기록

권나현, 이서연, 이우찬,
임서준, 정지형, 천가현,
이동호, 노영우, 서보경,
이고원, 허윤서 지음

이지선 엮음

바른북스

서문

학기 초 3월이 되면 어김없이 올 한 해도 책쓰기 동아리를 어떻게 꾸려가야 하나라는 고민으로 늘 시작하게 됩니다. 사서교사라는 이유로 학교의 책쓰기 동아리 운영은 언제나 제 몫이기에, 조금 부끄러운 마음이 들지만 솔직하게 고백하자면 늘 지끈거리는 스트레스로 3월을 시작한다 해도 과언이 아닙니다. 저 역시도 이럴진대 아이들은 어떨까요.

책쓰기 동아리에 들어온 친구들 중 대부분은 가위바위보에서 져서 들어온 친구, 누군가는 배정되야 하는 동아리의 숙명(?)에서 벗어나지 못하고 끌려온 친구, 코로나 때문에 결석했는데 다음 날 와보니 책쓰기 동아리에 배정되어 있었다는 친구 등등 정작 글을 써보고 싶어서 온 친구들은 두세 명 남짓일까요. 이런 현실 앞에 저는 또 절망하며 고민에 휩싸였습니다.

과연 이 친구들을 데리고 짧은 글이라도 쓰는 게 가능할까 어떻게 하면 아이들이 펜이라도 들 수 있을까 많은 고민을 했던 것 같습니다. 그래서 아이들 앞에 솔직하게 말하되 진심을 전달하자는 결론에 도달했습니다. 아이들에게 간곡히 부탁했습니다. 아니 어찌 보면 사정일 수도 있겠네요. 그렇지만 분명히 제 진심을 알아주는 아이들이었습니다.

선생님은 너희의 뛰어난 작품을 원하는 것이 아니다. 이왕 이렇게 책쓰기 동아리로 만나는 운명이 되었으니 어찌 되던 끝을 내보자고. 글 수준의 높고 낮음을 따지지 말고, 글을 잘 쓰건 못 쓰건, 내가 하고 싶은 이야기를 그저 글로 옮기는 것을 해보자고.

그래서 우리 책쓰기 동아리의 목표는 글쓰기가 처음이라 서툴지만, 글을 끝맺음한다는 것에 목표를 두고 누구나 글을 쓸 수 있음을 보여주기로 했습니다. 힘들다며 우는 소리를 내는 아이들, 그만하고 싶다고 어리광을 부리는 아이들, 조금만 시선을 돌리면 딴짓을 피우는 아이들 속에서 함께 전쟁 같은 1년을 보냈기에 참 힘들면서도 기억에 남습니다.

드디어 끝났다! 최종 편집과 교정을 끝냈을 때도 속이 후련했는데 이렇게 우수 작품으로 선정되어 발간까지 하게 될 줄은 꿈에도 몰랐습니다.

기대하지 않은 상황 속에서 아이들의 글이 출간된다는 소식을 듣고, 저는 정말 아이들에게 고마웠습니다. 소위 책과는 거리가 먼 친구들, 글쓰기가 너무 싫은 친구들이 자신의 인생 속에서 하나의 성공을 거머쥔 역사가 되었으니까요.

비록 부족할 순 있으나 대견한 우리 아이들의 글을 따스한 눈으로 읽어주시길 이 책을 접하는 모든 독자들에게 청해보면서 이 아이들의 앞으로가 더 빛날 것임을 감히 예상해 봅니다.

-2023년 2월의 어느 날, 사서교사 이지선-

목차

시로 만나는 세계

허구로 만나는 세계

작가 후기

시로 만나는 세계

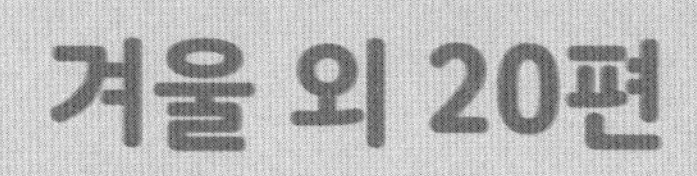

겨울 외 20편

권나현

겨울

바람이 쌩쌩
추운 바람은 날 감싸 안는다

추워서
온몸이 얼음장같이 차갑다

쌩쌩 바람은
날 차갑게 만든다

흰 눈은 하늘에서
내 머리 위로 툭

차가운 겨울
눈꽃 시린 밤

나 홀로 이 겨울을 느껴본다
눈을 밟으면 사각사각

차갑게 언 하늘에서
눈이 내려 아름답다

저 지붕 위에는
고드름이 얼어있고

창문에는 눈서리가 껴있네
겨울은 차갑지만 내 마음만큼은 따뜻하네

이 모든 것은 겨울이다

봄바람

따스한 바람
꽃들은 살랑살랑

기분 좋게 부는 바람으로
널 느껴본다

꽃향기는 코를 찌르고
아름다운 나비들은 날아다니네

이 봄은 날 기분 좋게 만든다
봄바람 봄바람 살랑살랑

새소리는 짹짹짹
햇볕을 느껴보기도 하고
꽃향기도 맡아보네

날아다니는 나비들은
꽃을 찾아 나선다

봄바람이 불 때면
모든 근심이 사라지네

바다

철썩철썩
파도는 일렁인다

모래는 파도에
쓸리고 쓸린다

바다의 소리는
내 마음을 일깨어준다

파도가 일렁이는 소리
모래가 쓸리는 소리

걱정이 생길 때면
바다에 오곤 한다

걱정은 파도와 함께 밀려간다
아픔도 슬픔도 모두 쓸려간다

철썩철썩 일렁이는 바다
날 위로해준다

귀를 기울이면

여름에는 여러 소리들이 있다
맴맴맴 매미의 우렁찬 울음소리

선풍기가 돌아가는 소리
풀벌레가 우는 소리

개굴개굴 개구리가 우는 소리
계곡의 물 흐르는 소리

철썩철썩 바다의 파도가 일렁이는 소리
뚝뚝뚝 소나기가 내리는 소리

우르르 쾅쾅 천둥 치는 소리
휭휭 태풍이 부는 소리

이 모든 것은 여름의 소리

월하

달빛 아래 홀로
수를 놓는다

수를 놓으며
밤하늘을 올려다보면 밝게 빛나는
달이 떠 있다

오늘은 초승달
다음날엔 상현달

달빛 아래 달은 나를 비추네
달을 볼 때면 님이 생각난다

어두운 밤
불빛 하나 없이도

달빛 하나만으로 수를 놓는다
오직 달빛만을 의존한 채로

자연

상쾌하고 맑은 공기
산에 동물들이 뛰어다닌다

깨끗한 물이 흐르는 시냇물
나무 위의 새들은 짹짹

맑은 공기를 마실 때면
기분이 좋아진다

이 맑은 하늘을 느껴보고
자연의 바람도 느껴보고

자연을 한껏 느껴보고
자연의 모든 것을 느껴본다

맑았던 자연의 공기
뛰어놀던 산 동물들
깨끗했던 시냇물

이제는 볼 수 없다
이제는 이 맑은 자연을 느낄 수 없다

이제는 자연의 것이 모두 사라졌다

밤하늘에 별

어두운 하늘에는 별이 빼곡하게 박혀있다
반짝이는 별들 중 가장 빛나는 별

다른 별들보다 더 반짝이게 빛난다
다른 별들도 빛나지만

저 별만큼은 저들 중 가장 빛난다
저 별이 유난히 더 눈에 띈다

나도 저 별처럼 빛나야지
다른 이들보다 더 빛나야지

노력한다면 저 별처럼 될 것이니
나도 저 별처럼 될 것이다

난 오늘도 저 별을 보고 다짐한다
저 별처럼 되리라고

저 별처럼 빛날 것이라고
유난히 빛나는 별이 될 것이라고

비

추적추적 비가 오네
우산 위에 비는 토독토독

빗물에 고인 물웅덩이들
나뭇잎에 고인 물방울들

비는 불편함도 있지만
비를 보면 내 마음에

걱정거리는 비와 함께
씻겨 내려간다

토독토독

빗소리는 왠지
날 위로해주는 듯하다

빗물과 함께 내 걱정은
떠내려간다

구름

둥둥 두둥실
둥둥 두둥실

파란 하늘 위에
구름이 둥둥 떠있다

하늘은 언제나 구름을 감싸 안는다
구름은 마치 엄마와 같다

구름을 볼 때면 엄마가 생각난다
엄마처럼 구름은 포근하니까

보기만 해도 편안해 보인다
저 구름 위로 눕고 싶다

마치 엄마의 무릎베개 한 듯이
포근하고 편안한 엄마는 구름 같다

포근하고 편안한 구름은 엄마 같다
나는 구름을 볼 때면 마음이 편안해진다

엄마와 함께 있는 것 같으니까

새벽

새벽은 새로운 하루를
시작한다는 의미

새벽의 바람을 맞으면
하루를 시작할 준비를 할 수 있다

새로운 나날들은 항상 나를 기다린다
또 오늘은 무슨 일이 일어날까

걱정 반 설레임 반
설렘보단 걱정이 더 앞선다

하지만 괜찮다

하루하루는 날 성장
시키는 계기가 될 수 있으니까

새벽이 오면
새로운 시작이다

오늘도 어떤 일이 벌어질지

걱정과 설렘으로 하루를 맞이한다

해바라기

라기야 라기야 해바라기야
넌 대체 어디를 그리 보는 거니

일편단심 해만 바라보는
해바라기야

변함없이 한곳만 바라보는
해바라기야

나도 너처럼
변함없이 꿋꿋이 한곳만 바라보고
나아가고 싶어

라기야 라기야 해바라기야
넌 어떻게 그리 한곳만 바라보니

개미

개미들아
어딜 급히 가는거니

너네도 이리 바삐 사는구나
세상은 바쁘디 바쁘구나

인간도 이리 바쁜데
개미들도 일하느라 바쁘구나

개미를 보니 마치 바쁜 사회 속을
연상시키는듯하구나

개미들도 바쁜 사회
언제쯤 이 바쁜 사회는
느긋해질까

바쁘지 않고 느긋한 사회는
언제쯤 올까

밤새

밤새 풀빌레가 울어
비는 그칠 줄 모르고

추적추적 내리네
어두운 밤하늘에서는
빗물이 떨어지고
발코니에는 빗물이
주렁주렁
떨어질 듯 말 듯
매달려 있어

밤새 비가 내리니
땅은 젖고 있겠지

비는 내 마음을 편히
해주는 존재
밤에 내리는 비는 내게
위로가 되어주는 존재

나의 근심은 빗물과 빗소리로부터
씻겨 내려가네

가만 비 내리는 소리를 들어보니
빗소리는 음악 소리 같기도 하다

밤새 내리는 빗소리를
들으며 잠을 청해본다

달 그리고 별

깜깜한 밤에 별이 빛을 내고
달이 어둠을 비춘다

밤하늘 위에서
달과 별이 공존하여
이 어둠을 밝히니

유독 이 밤이 밝게 빛나는듯하다
별빛과 달빛은 참 아름답다

반짝이는 이 두 가지가 있어
밤하늘이 더욱 아름답게 빛이 난다

별과 달이 없다면 밤하늘은 왜인지
볼품이 없어 보인다

달 그리고 별이 있어야
밤하늘은 완벽해진다

유독 오늘의 밤하늘이
빛나는 이유가 이 달과 별 때문이 아닐까

여름과 가을

덥디 더운 여름
햇빛이 쨍쨍

매미는 맴맴
푸른 나뭇잎

풀벌레의 울음소리
시원한 에어컨 바람
바다의 시원한 파도 소리

알록달록 단풍잎
허수아비 위 참새

하늘 위의 잠자리
귀뚜라미의 울음소리

이것이
여름과 가을

화양연화

인생에서의
아름다운
지금 이 순간

인생에서의 행복한
순간은 지금 이 순간

지나고 보면 그리워지는
순간이기도 하지만

지나고 보면
추억이 되는 순간이기도 하다

행복한 시간들이
지나는 것이
아쉽기도 하지만

사진 한 장처럼
추억으로 간직하며
남겨두고 싶다

별들의 세계

저 별들의 세계에서는
무엇이 있을까 궁금하다

별들의 세계에서는
아무 걱정 없이 살 수 있을까

별들의 세상 속은
얼마나 아름다울까

그냥 보아도
예쁜 별들

별들의 세상 속에 가보면
참 아름다운 것들이 있겠지

별들이
반짝이는 모습을 보면

저 별들의 세계에는
무엇이 있을지 궁금해진다

사랑

사랑이란 존재는
여러 곳에서 나타난다

부모님의 사랑
연인과의 사랑
친구와의 사랑

사랑이 존재하지 않는다면
어떻게 살아갈 수 있는가

누구나 사랑 받을 존재고
또 받아야만 한다

사랑이 존재함으로써
나도 존재하는 것이 아닐까

함께 웃고
함께 대화하고

사랑을 주고받고
이 사랑이 있음에 살아간다

솜사탕

입 안에 넣으면
녹아들어 스며드는 솜사탕 같은 너

함께 있으면 서서히
너에게 스며든다

솜사탕처럼
포근하고 달콤한 너는

행복과 동시에
피로를 녹여준다

마치 솜사탕을 입에
넣은 듯이

너의 존재는
스며들면 스며들수록

녹아지면서 달콤해지는 것이
참 기분 좋게 만든다

너의 존재는 마치

달콤한 솜사탕 같다

밤

별이 가득 찬
밤하늘은 늘 고요하기만 하다

고요한 밤은
늘 고독하기만 하다

조용한 이 밤을
무사히 넘기면

또 햇살이 비추는
아침이 오겠지

이 고요한 밤을
조금 더 느껴보고 싶었는데

이 밤이
오랫동안 머물러주면 좋겠는데

고요하고 고독하기만 한
이 밤이 오늘은 조금
느리게 지나가면 좋겠네

달이 뜨는 날

어두운 밤하늘에
보름달이 떴다

보름달 옆에는
작고 예쁜 별 하나도 떠있다

반짝이는 보름달과 별은
함께 반짝인다

별과 달은 어두운 밤하늘을
비추어준다

구름에 희미하게 감싸진
보름달 반짝이는 별 하나

어두움을 밝게 밝혀주는
별과 보름달이 뜨던 날이었다

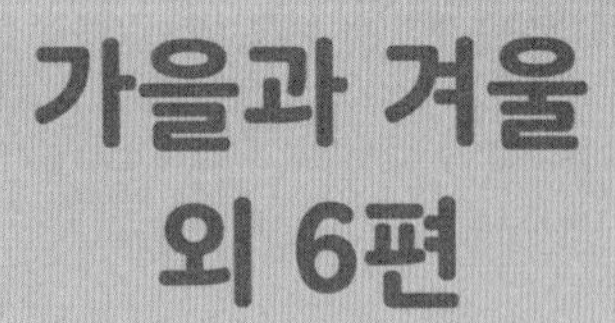

가을과 겨울
외 6편

이서연

가을과 겨울

가을이 오면
푸릇푸릇했던 풀잎들이
불긋불긋하게 변한다

가을이 가면
불긋불긋했던
낙엽들이 서서히 지고
또 떨어진다

가을이 가고 겨울이 오면
나뭇잎들은 다 떨어져
나무들이 발가벗는다

겨울이 가면
발가벗던 나무들이
푸른 옷을 입기 시작한다

점심시간

수업 시간엔 깨워도 못 일어나다가
이상하게 쉬는 시간 종소리만 들으면
벌떡 일어나진다

아무리 깨워도 못 일어나다가
이상하게 점심시간 종소리만 들으면
벌떡 일어나진다

이리저리 뛰어다니고 까불거리다가도
이상하게 선생님 목소리만 들어도
눈이 스르르 감긴다

봄

꽃이 피고 바람이 살랑 부는
봄

어린이들은 좋다고 뛰어다니는
봄

새 학기가 시작해 학교에 가는
봄

꽃잎이 스르륵 떨어지는
봄

봄이 좋다

여름

한여름의 알람은

매미

맴맴

무더운 밤 내 잠을 도와주는

귀뚜라미

귀뚤귀뚤

밤마다 나를 괴롭히는

모기

위 잉 위 잉 윙

빔마다 모기 대신

귀뚜라미가 왔으면 좋겠다

엄마

세상에 단 하나뿐인 우리 엄마
누구보다 나를 아껴주는 엄마

내가 가장 사랑하고
나를 가장 사랑하는 엄마

항상 내 편이 되어주는 엄마
힘들 때 내 옆에 있어 주는 엄마

누가 꾸중해도 최고인 우리 엄마

눈

겨울이 오고 눈이 온다

아이들은 즐거워 쌓인 눈을
밟으며 놀기 시작한다

하얀 눈이 펑펑 내리면
아이들은 눈사람을
데굴데굴 열심히 만든다

비

비 내리는 날 집에서 가만히 앉아
소리를 듣고 있으면 기분이 좋아진다

조금씩 내리는 빗소리를 듣고 있으면
잠도 잘 와 나도 모르게 잠들어 있다

오늘도 토독토독 내리는
빗소리를 가만히 듣고 있다

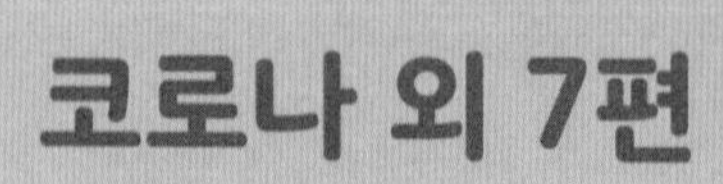

코로나 외 7편

이우찬

코로나

갑자기 몸이 이상하다
언제부턴가 몸이 으슬으슬하다

갑자기 목도 아프고 콜록콜록거린다
열을 재보니 39도가 넘은 나는 놀란다

자가키트 검사해보니 음성이네
다행이라고 생각해서 마음을 좀 내려놨는데

몸은 계속 콜록콜록 목도 따끔따끔
병원에 가서 코로나 검사를 해보니

양성이 2줄이 뜬 순간 갑자기 놀라
몸이 부들부들 떨리네

친구

매일 나랑 학교에 같이 가는 친구
우리 집 앞에서 나를 매일 기다리는 친구

나랑 학교에서 떠들고 노는 친구
쉬는 시간마다 나랑 같이 놀아주는 친구

점심시간 때 나랑 항상 같이 밥 먹으러 가는 친구
점심시간마다 나랑 같이 게임하는 친구

나는 이런 친구가 있어 행복하다

안경

나한테 하나뿐인 소중한 안경
내 눈을 더 잘 보이게 도와주는 안경

항상 학교 갈 때마다 내 친구처럼
얼굴에 꼭 붙어있는 안경

수업 시간이나 체육 활동 시간에
나의 눈을 도와주는 좋은 물건

잠잘 때는 잠시 떨어져 있겠지만
내일 되면 다시 안경을 볼 수 있겠지

태양

매일매일 하늘을 뜨겁게 비춰주는 태양
매일 아침부터 저녁까지 하늘을 비추지

태양이랑 눈싸움하려니
눈이 너무 아파 눈이 찡긋찡긋

아침에는 우리에게 광합성을 선물하고
저녁에는 시원함을 선물하네

내일은 또 어떤 하루를 비추어줄까
설레는 마음으로 해가 지는 모습을 바라본다

아이스크림

아이스크림은 달콤하다
아이스크림은 더운 더위를 막아준다

한 입 먹어보면 달콤하고
아이스크림이 녹으면서 혓바닥을 시원하게 적셔준다

또 먹어도 또 먹어도
질리지 않고 입맛을 자극하는

시원한 아이스크림
하루 종일 먹고 싶은 아이스크림

휴대폰

휴대폰 하루 종일 봐도 질리지 않아
우리에게 많은 것을 제공해주는 휴대폰

게임하고, 친구들과 톡 하고 나에게 즐거움을 주는
나에게는 작지만 행복을 주는 휴대폰

공부할 때나 학습에 도움을 주는 물건이지만
떨어져야 떨어질 수 없는 소중한 휴대폰

우린 떨어질 수 없는 운명
나에게 소중한 휴대폰

달

언제나 저녁을 환하게 비추어주는 달
매일매일 저녁을 아름답게 비추네

서쪽 하늘에서도
동쪽 하늘에서도

하늘을 밝고 뜨겁게 비추어
우리에게 빛을 선물해주네

자신의 힘으로 공전하는 달
가끔씩 보일 때도 있지만

내 마음속을 영원히 비추어주는 달

부모님

나에게 항상 잘해주시는 부모님
아침에 일어나면 잘 잤냐고 인사해주시는 부모님

집에 오면 잘 갔다 왔냐고 나를 반겨주시는 부모님
내가 아플 때는 옆에서 간호해주시는 부모님

내가 시험을 잘 못 쳤을 때
옆에서 함께 울어주시는 부모님

내가 부모님과 멀리 떨어져 있을 때도
항상 내 옆에서 날 지켜주시는 부모님

봄 외 4편

임서준

봄

따뜻한 봄이 왔다
꽃들이 피고
웃음꽃이 피는
따뜻한 계절 봄

꽃가루는 정말
싫지만
이쁜 벚꽃들을
볼 수 있는
따뜻한 계절

눈

겨울이 되면
오는 눈

눈이 오면
눈싸움도 하고
눈사람도 만들고

하지만 대구에는
잘 오지 않는 눈
참 아쉽다

대구에
눈이 펑펑 오기는
할까

반복

아침 7시 50분
일어나서 씻고 밥 먹고
옷 입고 8시 15분

출발
8시 25분 도착
지각 혼나기

1교시에서 4교시
4시간 지루한 수업
정말 싫다

점심시간 맛있는
밥 먹기 그리고
게임

5교시에서 7교시
또 지루한 수업
정말정말 싫다

7교시 마치고 집
다음 날 아침 지각
반복되는 나의 평일

핸드폰

있으면 아주 편하고
없으면 아주 불편한
핸드폰

핸드폰 나와
365일을 같이 있는
물건

전화, 문자, 게임
sns, 유튜브
할 수 있는 게
많고 많은
핸드폰

하지만 게임중독
sns 중독 휴대폰 중독
위험한 핸드폰

전화, 문자, 공부
편리한 것도 있는

좋은 휴대폰

옳고 나쁜 게 있는
휴대폰
옳은 방법으로 사용하자

공

동글동글 공
던지면 날아가는
공
발로 차면 날아가는
공

손, 발, 방망이, 라켓
모두 사용되는
공

야구공, 축구공, 농구공
배구공, 탁구공, 골프공
크기도 다르고
모양도 다르고
색깔도 다른
공

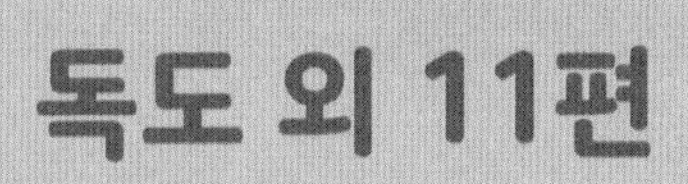

독도 외 11편

정지형

독도

우리나라 동쪽에 두 섬
울릉도와 독도

그중 독도는 수많은 바다생물과
해저 자원들이 있다

이러한 독도는 옆 섬나라 일본도 탐낸다
과거부터 수많은 자료들이 독도가 우리 땅임을
나타내고 있지만 일본은 자기 땅이라고 우긴다

우리가 독도를 사랑하고 지키지 않으면
독도를 빼앗길 수도 있다

소중한 우리 독도, 더 많은 관심을 두자

시험

그날이 온다
그날이 다가오고 있다

서둘러 사회 학습지와 역사 교과서를 보고
국어 문제집도 푼다

학원에서 푼 수학과 과학 문제도 다시 본다

그날이 왔다
생각보다 잘 친 거 같지만
점수를 보니 말이 안 나온다

물

체육하고 목말라서 마시고 싶은 물
집 가서 샤워할 때 필요한 물

엄마가 요리할 때 필요한 물
할아버지가 밭에 물 줄 때 필요한 물

식물들이 자라기 위해 필요한 물
물은 어디에서나 필요하다
물을 아껴 쓰자

달

어두운 밤하늘에 빛나는 달

달은 스스로 빛을 내지 못하기 때문에
우리가 보는 달빛은 햇빛에 비친 것이다

지구를 중심으로 공전하는 달
아침에도 가끔씩 보이는데 그 이유가 궁금하다

나는 달의 뒷면을 보고 싶다
왜냐하면 달 뒷면에 관한 음모론들이 많기 때문이다

예를 들면 외계인이 살고 있다거나
히틀러가 아직 거기에 살아있다거나

터무니없는 이야기 같지만
그래도 궁금하다

시간

남들이 잠을 잘 때 나는 두 눈을 뜨고 있는다

내 새벽은 일몰이 지나고 해가 뜬 후에야
시작되고 남들과 똑같은 시간을 살지만
다른 시간에 산다

비록 다른 시간을 살지만 그들이 꿈을 꿀 때
나도 꿈을 꾼다

스마트폰

1년 365일 동안 내 손에서
떨어지지 않는 스마트폰

안 해야 된다는 것을 알지만 쉽지가 않다
알람이 오면 바로 확인하게 된다

평상시에는 어렵지만 시험기간이라도
핸드폰을 하지 않으려고 노력해야겠다

부모님

나를 위해 청춘을 바쳤던 어머니, 아버지
나를 위해 거름이 되었던 어머니, 아버지

부모님 방에서 오래된 사진 한 장을 꺼내보았다
그 속에는 아름다운 아가씨와 멋지게 차려입은 청년이 보였다

그 아가씨와 청년을 자세히 보니
어머니와 아버지를 닮아있었다

부모님과 싸우고 나면 항상 미안한 마음이 든다
지금부터라도 잘해드려야겠다고 생각한다

봄

겨울이 지나고 봄이 다시 왔다
그리웠던 봄이 왔다

새싹들도 다시 피어난다
새들도 다시 노래한다

눈꽃들은 사라지고
벚꽃들은 다시 핀다

다래끼

아침에 일어나니 눈이 간지럽다
거울을 보니 볼록하다
부은 건줄 알고 그냥 냅뒀다

며칠 후에 안과에 가니 다래끼라고 한다
딱딱해져서 수술해야 한다고 한다

눈에 마취를 하고 수술을 했다
집에 오면서 눈에서 계속 피가 났다
아팠지만 학원을 안 가서 좋았다

주식

2022년 초반에 삼성전자 주식을 샀다
그때는 6만 5천원이었다

그런데 며칠 후 전쟁이 일어났다
계속 떨어졌다

그리고 몇 달 후 최저가를 찍었다
슬펐지만 용돈 받은 걸로 더 샀다

택배

주문한 날부터 손꼽아 기다리는 택배
학교에서도 학원에서도 집에서도
계속 생각이 난다

택배 오는 날, 문자가 왔다
집으로 가보니 문 앞에 택배가 와 있었다
이제 안 기다려도 되어서 좋았다

전쟁

전쟁은 옛날부터 일어났다
페르시아 전쟁, 살라미스 해전 등등

하지만 20세기에서도 전쟁이 일어났다
제1, 2차 세계대전, 6.25전쟁 등등

여기서 끝나면 좋겠지만
러시아가 우크라이나를 침공했다
벌써 몇 달 째 전쟁 중이다

빨리 끝내서 사이좋게 지내면 좋겠다

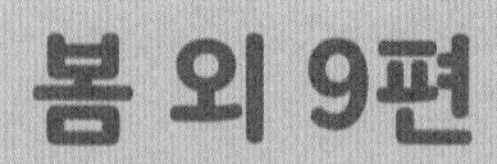

천가현

봄

언 겨울이 지나고
늘 언제 추웠는지

다시 따뜻한 햇볕과 바람들이 불어온다
이쁜 꽃들과도 피어나고
귀여운 새싹들도 피어난다

맑은 하늘에
어여쁜 꽃들도 많이 피어난다
꽃구경 가자

친구

늘 힘늘거나 속상한 일이 있을 때

늘 나를 위로해주는 친구

항상 기쁠 때 나와 같이 웃어주는 친구

힘들거나 기쁠 때와 늘 나와 같이 있어주는 친구

싸우거나 서운한 게 있어도

늘 내 편인 친구

겨울

옆구리 시리고 추운 바람 송송 들어오는 날
밖에서 친구들이랑 붕어빵 사서 먹고

롱패딩 입고 덜덜 떨면서 밖에서 재미있게 노는 우리
겨울은 재밌지만 너무나도 추운 바람

펑펑 눈이 내리면 우린 뽀드득뽀드득 눈길을
따라 열심히 걸어 다닌다

우주

우주에는 뭐가 있을까
정말 외계인이 있을까

많은 별도 보고
태양계들도 봐보고 싶다

우주복을 입고
둥둥 떠다녀보고 싶다

나도 빨리 돈을 벌어서
우주에 꼭 한번 가보고 싶다

우주가 보고 싶다

숙제

해도 해도 끝이 없는 숙제
이거만 하면 끝인 줄 알았는데

아직 산더미나 남아있네
언제 이걸 다할까

이럴 줄 알았으면
진작에 좀 해놓을걸

매일 이런 생각이 들면서도
고쳐지지 않는다

별똥별

밤하늘 저 멀리서
반짝거리는 무언가가 떨어진다

어 뭐지
가까이 가까이서 보니

별똥별이었다
빨리 두 손을 모아 눈을 감고
소원을 빈다

내 소원이 이루어졌으면 좋겠다

바다

바다 안에는 무엇이 있을까
저 넓은 바다 안에는 어떤 것이 살고 있을까

밤 되면 아주 깜깜한 바다지만
낮이 되면 아주 이쁜 바다

보물 같은 바다
드넓은 바다

저 바다 속에 뭐가 살고 있는지 궁금증은
언제 해결될까

시계

짹깍째깍 울리는 시계 소리
방안을 가득 채우는 소리

동그란 시계 삼각형 시계
아니면 사각형 시계

어떤 모양의 시계가
날 시끄럽게 하는 걸까

째깍째깍 그만 울렸으면 좋겠다

무지개

비가 오고 지나가면
빨주노초파남보 이쁘게 생기는 무지개

너무 이뻐서 사진 찍으려면
사라지는 무지개

아주 보기 힘들어
보면 기분이 좋아진다

아주 크게 하늘 위에
무지개가 생겼으면 좋겠다

아주 크게 생겨서
사진 찍는 걸 성공하고 싶다

강아지

아주 작고 귀여운 강아지
깨물어버리고 싶은 귀여운 강아지

내가 부르면 쳐다보고
꼬리를 흔들면서 달려오는 강아지

아주 작고 어여쁜 강아지
산책시켜주면 좋아서
꼬리 살랑살랑 흔드는 모습을 보면
나도 모르게 웃음이 나온다

동글동글 찹쌀떡 같은 강아지
날 행복하게 해준다

논리로 만나는 세계

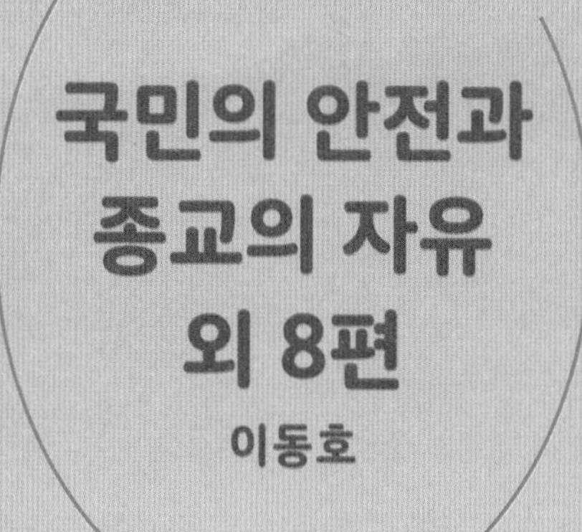
국민의 안전과
종교의 자유
외 8편
이동호

국민의 안전과 종교의 자유

종교의 자유는 보장되어야 한다.

최근 유행하는 코로나가 서울과 경기도 쪽에서 다시 발발하면서 대한민국은 다시 비상사태로 돌아갔다.

그런데 이번 서울과 경기도 쪽에서 코로나가 다시 발발하게 된 계기는 종교가 관련되어 있었다. 사건이 일어난 날짜는 8월 15일 광복절에 제일사랑교회에서 전광훈 목사를 중심으로 모임을 하게 되는데 전국에서 신자들이 위 모임에 참가하였다. 당시 모임 도중에 코로나가 전파되었고 모임에 참석했던 대다수의 사람들이 코로나에 감염되고 자신들의 감염 사실을 숨기고 정부를 피해 도망쳐 숨어 있는 중이고 전국에서 모였기에 아니라 각 지방도 위험한 상황에 놓이게 되었다. 이렇게 또다시 대한민국이 코로나로 인해 위험에 처하게 된 이유는 종교와 관련이 있다. 그렇다면 코로나로부터 국민의 안전을 위해 종교의 자유를 비판하고 탄압해야 하는가? 내 생각에는 종교의 자유는 보장되어야 한다고 생각한다.

그 이유는, 제일사랑교회 사건은 종교의 단편적인 모습이기 때문이다. 최근 제일사랑교회에서 이번 코로나 사태의 위험성을 잘 파악하지 못하고 아둔하게 행동하여 나라가 위험에 빠진 것은 사실이다. 하지만 위와 같은 종교의 단편적인 모습만 보고 종교의 자유를 비판하고 탄압하는 것은 옳지 않다. 실제로 성당은 나라에서 미사와 모임 등을 하지 말라고 공지했을 때 단호하게 문을 닫았고 상황이 나아졌을 때 다시 문을 여는 등 코로나로 인해 위험에 처하지 않게 잘 처신했다. 위의 제일사랑교회가 국민의 안전에 위협을 가한 것은 사실이다. 그러나 종교의 범위에는 제일사랑교회만 포함되는 것이 아니며 잘 처신한 곳도 있기에 종교의 자유를 탄압하는 것은 옳지 않다고 생각한다.

또 다른 이유로는, 제일사랑교회의 모임을 나라에서 허락했기 때문이다. 실제로 코로나가 심각한 상황에 교회와 같은 종교가 모임을 하기 위해서는 나라의 허락이 필요한데, 제일사랑교회가 모임하는 것을 허락받기 위해 거짓말을 하긴 했지만, 코로나가 아직 완전히 사라지지 않은 상황에 나라에서 모임을 허락하는 것 또한 잘못되었고, 나라에서 한 실수이기 때문이다. 물론 모임을 하기 위해 거짓말을 한 제일사랑교회의 잘못이 크다. 하지만 나라에서도 실수한 바가 존재하므로 모든 잘못을 종교 탓으로 돌려 종교의 자유를 억압하는 것은 옳지 않다고 생각한다.

마지막으로는, 종교를 비판하고 탄압하는 것은 차별에 해당하기 때문이다. 대한민국에서는 종교의 자유를 법으로 보장하고 있다. 그런데 이번 제일사랑교회 사건으로 종교의 자유를 제한해야 한다고 생각하는 사람들도 생겨났다. 하지만 그렇다고 종교의 자유를 비판하고 탄압하는 것은 차별에 해당한다. 종교 또한 자유에 해당하는데 종교의 자유를 비판한다면 또 다른 자유들 또한 비판하는 것이 되기 때문이다.

삶은 자기 자신의 생각과 신념으로 살아가는 것인데, 남이 나의 신념을 비판하고 자신의 신념을 강요하는 것은 자신의 신념이 맞고 나의 신념이 틀렸다고 하는 것이다. 하지만 한 개인이 어떤 신념을 가졌는지를 고려하지 않고 자신의 신념을 강요하고 자신의 신념을 토대로 남의 신념을 비판할 권리는 아무에게도 없다. 종교 또한 누군가에게는 신념이기에 종교의 자유를 제한하는 것은 개인의 신념을 비판하는 것이므로 차별에 해당하기에 종교의 자유는 보장받는 것이 옳다고 생각한다.

최근 종교에 속한 제일사랑교회가 나라에 위기를 가하기는 하였으나 그렇다고 해서 종교의 자유를 제한하는 것은 옳지 않다고 생각한다. 국가는 재난, 전쟁, 감염병 등 여러 위험에서 국민을 보호해야 하는 것이 의무이지만 대한민국은 자유 민주주의의 국가이므로 종교의 자유 또한 국가에서 보호해야 할 의무가 존재하므로 종교의 자유는 보호받아야 한다고 생각한다.

자신이 원하는 것과 자신이 해야 하는 것의 차이

주장

남들이 알아주지 않는 일에 자신의 모든 것을 던져서 해보는 것은 의미 있다.

12월 3일은 수능일로 고3을 뺀 나머지 학생들은 학교에 10시까지 등교하도록 조치되었다.

학생들의 등교가 늦어질 만큼 중요하게 여겨지는 수능은 자신이 이때까지 공부에 쏟았던 노력을 실현하는 것으로 우리나라에서는 수능으로 학생들의 남은 삶을 결정한다고 할 수 있다.

수능을 잘 본 학생과 수시로 대학에 입학하는 사람들은 소위 sky 대학에 갈 수 있다.

다수의 학생들은 사람들의 인정을 받는 대학에 입학하려 하는데 그 이유는 남들이 알아주는 대학에 가게 되면 취업 문제, 돈 문제 걱정 없이 여유로운 삶을 살 수 있을 것이기 때문이다.

결국 수능은 남들이 알아주는 스펙에 해당하는 것이고, 수능을 통해 입학한 대학도 마찬가지이다.

현 사회에서는 남들이 알아주는 것만 인정하며 남들이 알아주지 않는 것은 인정하지 않는다.

그러므로 자연스럽게 남들이 알아주지 않는 일에 매진하는 것은 쓸데없는 것으로 여겨진다.

하지만 나는 남들이 알아주지 않는 일에 매진하는 것도 필요하다 생각한다.

남들이 알아주는 일만 한다는 것은 '꼭 필요한 일일지라도 남들이 알아주는 일이 아니면 하지 않겠다.'고 해석할 수 있다. 예를 들면 자신의 이미지를 관리하는 사람들은 남들이 볼 때만 착한 척 남을 위해주는 척하고 남들이 보지 않을 때는 자신이 원하는 대로 행동하는 경우가 해당한다.

또한 남들이 인정해주는 일만 한다면 자신이 진정 원하는 것이 뭔지 잊어버릴 수 있다.

남들이 인정해주는 일이 자신이 진정 원하는 것은 아니다. 남들은 좋은 대학을 가는 것을 인정해준다고 해서 내가 원하는 것 또한 같다고 생각하는 것은 큰 오류가 있다.

부모님은 내가 잘되길 원하시기 때문에 공부해서 좋은 대학에 들어가게 만들어 자식에게 많은 기회를 열어주고 싶어 하신다. 하지만 부모님의 생각은 어디까지나 부모님의 생각이다.

나는 내가 제일 잘 안다는 말이 있듯 나는 부모님보다는 자기 자신이 가장 잘 안다.

그렇기에 자신이 무엇을 좋아하는지 어떤 일을 하고 싶은지 공부는 어떻게 하고 싶은지 자신이 가장 잘 알고 있는데 부모님의 등쌀에 밀려 점점 자신이 무엇을 좋아했는지 잊어버리고 결국에는 부모님이 좋다고 하면 자신도 그것이 좋다고 인식하는 오류를 범한다. 대학을 가는 이유는 중학교, 고등학교에 다닐 때처럼 더 배울 것이 있고 대학에서 공부함으로써 내가 더 성장할 수 있으므로 대학을 가는 건데 현 사회는 남들에게 인정받기 위해서 대학을 가고 좋은 직장에서 안정된 삶을 살기 위해 뼈 깎는 고통을 견디는 것은 슬픈 현실이다.

공부도 자신이 필요하다고 생각해서 하는 사람은 자신이 스스로 공부를 열심히 한다.

하지만 공부를 하라는 주변의 강요에 억지로 하는 사람은 점점 자신의 의지로 하는 것이 아닌 공부에 싫증을 느끼게 된다. 대부분 남에게 보여주려고, 남들에게 인정받기 위해 등의 내가 주체가 되지 못하는 공부는 사회가 요구하는 사람이 되기 위해 노력하며 살고 있다는 근거이고, 내가 진정 원해서 내가 주체가 되는 일을 할 때 비로소 나는 진정한 '나'가 된다고 생각한다.

남들이 알아주지 않는 일이라 할지라도 내가 원한다면 나의 모든 것을 던져서 그 일을 해보는 것 또한 좋은 경험이자 진정한 '나'가 되어가는 과정이라고 생각한다.

그러므로 사회가 요구하는 사람이 아닌 내가 주체가 되는 '나'의 삶을 살도록 노력하자.

빈부격차

논제

빈부격차는 어떤 식으로 드러나며 해결방안은 있는가?

나는 최근 접하게 된 『왜 세계의 절반은 굶주리는가?』라는 책을 읽고 과연 빈부격차는 어떤 것이기에 기아를 만들어내고 세계의 여러 가난한 나라들의 사람들을 만들었는지 궁금해졌다. 이 궁금증을 해결하려면 먼저 빈부격차의 정의와 빈부격차가 어떤 식으로 드러나게 되는지부터 알아야 할 것이다. 먼저 빈부격차의 정의부터 알아보자. 빈부격차란, 부유한 사람과 가난한 사람의 경제적 차이를 뜻하는데 자본주의의 원리에 따라 부자는 갈수록 부자가 되고 가난한 사람은 계속 가난해지는 현상을 말한다. 이와 같은 현상은 현재 "빈익빈 부익부"로 불리며 사회에서 큰 문제로 드러난다. 빈부격차는 우리의 근처에서 쉽게 찾아볼 수 있다.

예를 들면 자본이 부족할수록 선택권이 줄어든다. 현재 저소득층의 아이들은 아동 급식카드를 나라에서 발급하여 주는데 이 아동 급식카드는 한 끼 당 4,500원밖에 사용할 수 없다. 그래서 아동 급식카드를 사용하는 아이들은 4,500원 안에서 선택하게 된다. 하지만 자본이 충분한 가정에서 자라는 아이들은 한 끼에 얼마를 써야 하는지 고민하지 않는다. 이렇게 자본이 충분할수록 선택권이 더 생기고 자본이 부족할수록 선택권이 줄어든다. 또한 나라에서 마스크를 지급하는 등의 정책을 펼쳤지만 이에도 저소득층은 마스크 살 돈이 부족해 마스크를 사는 것을 어려워하는 상황에 놓이게 되었다. 하지만 고소득층 같은 돈이 많은 사람들은 이러한 걱정은 하지 않을 것이다. 이 또한 자본의 부족으로 인한 문제에 해당한다.

다른 예시로는 자가격리에서 찾아볼 수 있다. 고소득층은 넓은 집에서 편안하게 자가격리를 할 수 있으나 저소득층은 열악한 환경에서 자가격리를 해야 하니 자가격리가 답답하고 고통스러울 것이다. 그리고 저소득층은 하루 벌어 하루 먹고사는 가정들이 대부분일 텐데 자가격리를 하게 되면 일을 하지 못하는 경우가 생겨 원래 경제적으로 어려운 가정의 재정 상태가 더 나빠지는 경우 또한 빈번하게 일어나고 있다. 이런 상황 말고도 빈부격차가 드러나는 상황은 많이 존재한다.

그렇다면 이러한 빈부격차의 원인은 무엇일까? 내 생각에 빈부격차의 원인은 현 사회의 법과 제도에 있다고 생각한다. 그 이유는, 잘살기 위해 경쟁하게 만드는 현 사회의 경쟁시스템과 순위를 매기는 시스템 때문에 빈부격차와 같은 문제들이 일어나며 상황이 좋아지지 않는 것이다.

그렇다면 해결 방법은 무엇일까? 빈부격차를 해결하려면 사회의 제도가 변하여야 한다. 사회는 사회의 일원인 국민을 보호하며 평등하게 대우하고, 사람처럼 살 수 있도록 도와야 한다. 또한 제도는 사회의 약자를 위해 만들어져 강자들로부터 약자들을 보호하는 역할을 하기 위해 존재하는 것이다. 그런데 현재 제도는 약자를 보호하기보다는 강자를 더 강하게 만드는 제도가 대부분을 차지하고 있다. 그래서 빈부격차 같은 약자들에게 치명적인 문제들이 일어나는 것이다.

그러므로 사회의 제도가 강자들을 위한 것이 아니라 약자들을 지켜주기 위한 제도로 변하여야 할 것이다. 제도가 약자들을 위해 변한다면 자연스럽게 빈부격차는 해결될 것이다. 그러므로 나는 사회의 제도가 변하여야 한다고 생각한다.

환경과 나의 노력의 차이점

주장

순탄하지 못한 삶은 환경 탓이다.

'순탄하다.'는 말은 '삶이 아무 문제 없이 순조롭다.' 는 뜻을 가졌다. 그렇다면 우리는 순탄한 삶을 살고 있을까? 나는 순탄한 삶을 살고 있다. 하지만 삶에 아무 문제가 없을 수는 없다고 생각한다. 삶을 살아가면서는 매번 크고 작은 문제들이 생긴다. 예를 들면 어렵게 들어간 대기업에서 근무수당 외에 돈을 줄 테니 불법적인 일을 하라고 시키는데 해야 할지 말아야 할지 고민하거나, 학교에서 괴롭힘을 당하는 친구를 도와줘야 할지 모른 척해야 할지 고민해야 하는 상황 등 많고 다양한 문제들이 발생하고 이 문제에 직면했을 때 선택을 해야 하는 상황에서 옳은 선택을 할 수 있도록 사전에 가르침 받고 옳은 선택이란 무엇인지 생각해보고 그로 인해 나의 가치관을 쌓아 갈 수 있는 수업을 받는 등의 환경에서 살고 있으므로 나는 순탄한 삶을 살고 있다고 생각한다. 그러므로 순탄한 삶이든 순탄치 못한 삶이든 환경 탓이 크다고 생각한다. 순탄한 삶을 사는 것이 환경 덕분이듯 순탄하지 못한 삶 또한 환경 탓이다. 여기서 왜 순탄하지 못한 삶은 환경 탓일까?

그 이유는 환경에 따라 시작점이 달라지기 때문이다. 현재 자본주의 사회를 살아가고 있는 우리는 자주 금수저, 은수저, 흙수저 등의 단어들을 들어보았을 것이다. 금수저는 재벌, 부자 등 풍족한 환경을 가진 기득권층의 자녀를 뜻하고, 흙수저는 가난한 사람, 즉 빈곤층의 자녀를 뜻한다. 잘 알다시피 자본주의 사회에서 자본이 권력화되는 경우는 다수 존재하므로 자본은 곧 힘이 되어버린 현 사회에서 돈이 많은 부모 밑에서 자라는 자식과 가난한 부모 밑에서 자라는 자식은 출발점부터 다른 것이 사실이다. 돈 많은 부모 밑의 자녀는 부모가 자신들의 부를 물려주어 별로 고생하지 않고도 평생을 잘살 수 있지만 가난하여 먹을 것조차 없는 환경에서 자란 아이는 평생을 끼니 걱정하며 살 수도 있는 환경에 힘든 삶을 살아야 할 것이다. 이렇게 환경에 의해 삶이 바뀌어버릴 수도 있는 것이 현실이기에 순탄치 못한 삶은 환경에서 비롯된다고 생각한다.

다른 이유로는, 환경에 의해 생각할 수 있는 폭이 달라진다. 금전적으로 여유로운 집에서 태어난 자녀는 학원 숙제는 걱정하지만 먹고 자는 것에 대한 걱정은 전혀 해보지 않았을 것이다. 하지만 가난한 집의 아이들은 매일 먹을 것을 걱정하며 심지어는 속옷도 없어서 힘든 나날들을 보내고 있는 경우도 존재한다. 이렇게 환경에 의해 생각할 수 있는 폭이 달라진다. 실제로 먹고 자는 활동이 원활하게 이루어지지 않으면 공부나 다른 일을 효율적으로 해낼 수 없다는 것이 과학적으로 입증되었다. 그러므로 먹고 자는 것이 해결되지 않으면 생각하는 폭 또한 좁아지게 된다. 또 중상층 정도의 집안의 아이들은 학원에 보내지게 되며 공부를 하게 되는 것이 일반적인데 여기서도 자신이 왜 공부를 해야 하는지 생각하지 못한 채 무작정 공부하는 아이들은 공부를 왜 해야 하는지 알려주는 사람이 없는 환경의 영향을 받아 자신이 왜 공부해야 하는지 정확하게 모른 채 시키니까 하고 사회의 부품이 되어가는 길을 밟게 된다. 하지만 나는 내가 왜 공부해야 하는지 가르쳐주시는 분이 계셔서 내 생각을 정립할 수 있었기에 나는 순탄한 삶을 살고 있다고 생각하게 되었다. 이렇게 환경에 의해 생각하는 것이 달라지기 때문에 환경은 삶을 좌지우지하는 선택에 있어서 큰 비중을 차지한다고 생각한다. 그리고 환경은 어릴 때는 변화하기 힘들기 때문이다. 빌 게이츠의 명언 중 "태어날 때 가난한 것은 자신의 잘못이 아니지만 죽을 때까지 가난한 것은 자신의 잘못이다."는 명언이 있는데 이 명언은 오류가 있다고 생각한다. 태어날 때 가난한 것이 어쩔 수 없다는 것은 맞지만 죽을 때까지 가난한 것은 나의 잘못이라는 말은 조금 수정이 필요하다고 생각된다. 왜냐하면 자본주의 사회를 살아가면서 중요하다고 채택된 공부나 대학입시, 취직 등은 비교적 어린 시기에 결정된다. 하지만 이 환경이라는 것은 어린 시기에 변화시키는 것이 매우 힘들다.

환경을 어린 시기에 변화시키는 것이 힘든 이유는 말 그대로 어리기 때문이다. 이 말이 무슨 뜻인지 해석하면 청소년에게는 힘이 없다는 것이다. 예를 들면 부모님이 나에게 폭력을 휘두른다고 가정하자. 여기서 부모님이 나를 때린다고 해서 부모님을 피해 집을 나가 나 혼자 힘으로 살 수 있을까? 불가능하다고 생각한다. 왜냐하면 일단 법적으로 청소년은 법적 보호자의 보호를 받을 의무가 있다. 이 법으로 집 밖을 뛰쳐나간 다수의 청소년들이 부모님이나 법적 보호자에게 다시 끌려갔다. 또한 청소년을 채용하여 일을 시킬 수 없도록 법으로 제정되어 있는데 이로 인해 청소년이 사회에서 돈을 번다는 것은 불법이기 때문에 돈을 벌 수도 없는 상황에서 자본주의 사회를 살아가기는 힘들 것이다. 그러므로 어릴 때는 아무리 노력해도 주변 환경을 바꾸는 것은 매우 힘들다.

하지만 어린 시기에 자본주의 사회에서 살아갈 때 중요한 것들이 대부분 진행되는데, 다른 학생들은 모두 학원 가고 미친 듯이 공부할 때 좋지 못한 환경에 놓인 학생들은 학원도 못 가보고 시간이 지나 수능을 치게 되고 좋지 못한 성적으로 인해 들어본 적도 없는 대학에 입학한 뒤 취업하려 하지만 볼품없는 스펙에 받아주는 곳은 거의 없게 되이 남들에게 무시당하며 사는 등 어릴 때 비꿀 수 없었던 환경 때문에 끝까지 고생할 수도 있듯이 환경은 삶에 있어서 큰 영향을 미친다고 주장한다.

인종차별과 여러 인종의 공존

논제

인종차별의 인식을 알아보자.

최근 미국에서 백인 경찰이 흑인 시민을 진압하던 도중 경찰에게 협조하는 흑인 시민을 과잉 진압해 사망에 이르게 한 사건이 발생했다. 이 문제는 삽시간에 세계 여러 나라에서 큰 이슈가 되어 그와 함께 이 사건이 인종차별의 문제라고 생각하는 많은 사람들이 세계적으로 시위를 시작했다. 이렇게 세계 각국에서 시위가 벌어질 정도로 사람들을 분노하게 만든 이 사건을 좀 더 자세히 알아보면, 백인 경찰들이 조지 플로이드라는 전과가 있는 흑인을 조사하겠다고 플로이드를 진압했다. 그런데 이때 백인 경찰은 진압에 순순히 협조하던 플로이드를 땅에 눕히고 목을 누르는 행동을 한다. 이에 플로이드는 살려달라고 숨을 못 쉬겠다고 호소하지만 백인 경찰들은 그 행동을 멈추지 않았고 조지 플로이드는 약 8분간 목을 짓눌림당하고 병원으로 이송되었지만 결국 사망하고 만다. 과연 이 상황에서 문제가 되는 것들은 무엇일까?

경찰의 과잉 진압이 문제가 된다. 경찰이 존재하는 이유는 사회의 공공질서를 지키고 법을 지키지 않은 사람들을 재판에 넘기는 일을 하는 사람이다. 하지만 경찰이 존재하는 가장 핵심적인 내용은 국민의 안전과 인권을 지키기 위해 존재하는 사람이라고 생각한다. 그런데 위 조지 플로이드 사건에서는 물론 전과가 있는 사람이라 해도 국민이고 보호받고 인권을 보장받을 수 있어야 하지만 백인 경찰들은 조지 플로이드를 자신들이 보호해야 할 국민으로 보지 않았다. 이 말은 조지 플로이드를 자신들과 같은 위치에 있지 않다고 생각한 것과 다름없다. 그렇다면 왜 백인 경찰들은 플로이드를 자신들과 같지 않다고 생각했을까? 여기서 가장 중요한 문제가 나온다. 바로 인종차별이다. 앞에서 언급했듯이 위 사건에 등장하는 경찰들은 백인이고 플로이드는 흑인이다. 이에 경찰들은 자신들이 더 우월하다고 생각하고 플로이드를 자신들보다 못한 존재라고 생각했다. 그래서 아무리 범죄자라고 해도 백인이면 인정해주었을 인권을 플로이드에게는 인정해주지 않는 인종차별을 저질렀다. 그럼 위 사건에서 가장 큰 문제라고 생각되는 인종차별에 대해 나는, 자신이 남들보다 우월한 존재라고 생각하는 본능이 일으킨 문제라고 생각한다. 현재 미국은 백인과 흑인 그리고 다른 황인종 등이 함께 살아가는 나라이다. 현재는 인종차별이 조금, 아주 조금은 줄었지만 최근 조지 플로이드 사건으로 미국은 아직도 인종차별이 존재하는 나라임을 알 수 있었다. 미국은 원래 원주민들이 살던 지역이지만 영국에서 백인들이 원주민의 일부를 쫓아내고 건설한 나라가 미국이다. 당시 백인들은 원시인처럼 살아가는 흑인종들을 보고 자신들은 흑인들보다 더 우월하다고 생각하고 원주민들을 천박한 존재라고 생각했었다. 그런데 점차 시간이 지나고 모든 사람들은 피부색과 관계없이 평등하다는 주장이 법으로 제정되면서 인종에 따라 차별을 두는 것은 잘못된 일이 되었다. 그렇게 자신이 우월하다고 생각했던 인종들은 자신들의 후손에게 우리는 남들보다 우월하다는 생각을 뿌리내리게 했고 그래서 무의식적으로 인종차별을 하는 것이라고 결론지을 수 있다.

미국은 '백인우월주의'라는 백인이 남들보다 우월하다는 생각이 예전부터 여러 일상생활 속에 깊이 뿌리내려 대부분의 인종차별은 백인이 저지르는 경우가 많다. 예로는 최근 조지 플로이드 사건에서도 가해자인 경찰은 백인이다. 또한 영국 토트넘의 '알리' 선수는 sns에서 비행기를 타는 도중 중국인으로 추정되는 황인종과 손 세정제를 보여주면서 코로나를 피해 빨리 이동해야겠다고 말한 영상을 올려 논란이 있었다. 위와 같은 인종차별 문제를 일으킨 알리는 영국인, 즉 백인이다. 이렇게 과거 우월하다고 생각했던 사람들의 후손들이 본능적으로 자신은 남들보다 우월하다고 생각하고 행동하여 생기는 문제가 인종차별이라고 생각한다.

위와 같은 인종차별이 줄어들려면 인종차별에 관한 법이 생겨야 한다고 생각한다. 인종차별이 생기는 특정 종족이 우월하다고 생각하고 또한 특정 인종은 미개하다고 생각해서 일어나는 문제라고 주장했는데 과거 이러한 생각을 가지고 전쟁을 일으킨 나라가 있다.

제1차 세계대전에서는 독일이 자신들은 다른 인종들보다 위대하다고 생각하며 자신들이 가장 미개하다고 생각하는 유대인들을 학살했던 가슴 아픈 사건을 잘 알 것이다. 이는 독일인의 우월주의가 유대인들을 학살한 것과 다름없다고 나는 생각한다. 또한 제2차 세계대전을 일으킨 일본은 대한민국과 여러 나라를 식민지로 삼으면서 그중 특히 대한민국의 종족이 가장 미개한 존재라고 생각하게 만들며 많은 대한민국 국민을 죽이는 행동을 했다. 이렇게 인종차별로 인해 많은 사람들이 죽임을 당했는데 현재까지도 인종차별로 죽는 사람들이 있다는 것을 보면 당시 전쟁과 지금의 모습도 완전히 변하지 못한 것으로 생각된다.

이렇게 현재에서도 여전히 인종차별로 죽임당하는 사람들이 생기지 않게 인종차별은 없어져야 하지만, 아직도 무의식적으로든 고의로든 인종차별을 하는 사람이 존재하기에 인종차별을 했을 경우 강력한 처벌을 받을 수 있게 하는 법안이 생겨 피부색이 어떻든 상관하지 않고 동등하게 대하며 공존할 수 있게 되어야 한다.

정규직, 비정규직과 직업의 차이

주장

정규직과 비정규직을 나누는 것은 옳지 않으므로
비정규직의 정규직 전환은 필요하다.

사람은 사회 안에서 경제활동을 하면서 살아간다. 경제활동을 하기 위해서는 돈을 버는 것이 당연한 일이므로 사람들은 경제활동에 필요한 돈을 벌기 위해 일한다. 돈을 벌기 위해 하는 일은 회사 일도 있을것이고 아르바이트 또한 존재할 것이다. 이러한 일이라는 것은 정규직과 비정규직으로 나뉘는데, 정규직은 일을 제공하는 쪽에서 정식적으로 채용한 직장이라는 것이고, 비정규직은 시간당으로 일을 하면서 고용이 보장되지 않는 직장을 말하는 것이다. 이러한 정규직과 비정규직은 우리 사회에 깊게 뿌리내려 있고 대다수의 사람들 머릿속에 의식적으로든 무의식적으로든 정규직과 비정규직에 차이를 두는 생각을 심어주었다.

비정규직은 정규직에 비하면 안정적이지 못한 직장이므로 사람들은 열심히 공부하여 정규직 직장을 얻기 위해 노력한다. 이러한 정규직과 비정규직은 이명박 전 대통령 때부터 지금까지 이어지고 있으며 사람들은 정규직과 비정규직에 대해 익숙한 상태로 생활한다. 또한 정규직과 비정규직을 자신의 노력에 비례하며 노력한 사람은 정규직으로 채용되고 노력하지 않는 사람은 비정규직을 얻는다고 생각하는 사람들 또한 생겨나고 있다. 그렇다면 정규직과 비정규직을 나누는 것은 과연 옳은 것일까?

나는 정규직과 비정규직을 나누는 것은 옳지 않다고 생각한다.

그 이유는 자신의 노력으로 정해지는 것은 정규직과 비정규직이 아닌 직업이기 때문이다.

최근 인천국제공항에서 일하는 계약직을 정규직으로 전환하려는 사례가 있었는데 이를 많은 사람들이 반대했다. 반대한 사람의 대부분은 공항직을 위해 공부하는 사람들인데 그들이 이를 반대하는 이유는 자신은 정규직을 위해 몇 년 동안 힘들게 공부하고 있는데 현 계약직들을 정규직으로 바꿔준다면 정규직을 목표로 공부했던 자신들의 노력은 뭐가 되느냐는 이유였다. 하지만 계약직을 정규직으로 전환하려는 사람들은 승무원이나 비행기 조종사 같은 직업이 아니라 공항을 청소하는 사람과 비행기의 연료를 충전하거나 고장 난 곳을 고치는 지상조업을 하시는 분 중 계약직으로 계신 분들을 정규직으로 전환하는 것이 목적이었다.

즉 승무원이나 비행기 조종사 같은 직업을 목표로 공부하는 사람들에게는 손해가 될 부분이 없다고 볼 수 있다.

또한 자신의 직업을 위해 공부하는 사람들이 우려한 것은 정규직과 비정규직이 아닌 자신이 이때까지 노력한 것에 대한 허망감이기 때문이다. 이렇게 자신의 노력으로 인해 정해지는 것은 정규직과 비정규직이 아니라 직업이기 때문에 정규직과 비정규직을 나누는 것은 개인의 노력과는 상관이 없다.

그렇다면 정규직과 비정규직은 현 사회에 왜 존재할까?

그 이유로는 정규직과 비정규직은 기업이 자신의 이익을 극대화하기 위해 만든 것이기 때문이다.

앞에서도 잠깐 말했듯이 정규직과 비정규직은 이명박 전 대통령 때부터 이어진 것이라고 설명했는데, 당시 기업은 자신의 이윤을 더 크게 남기기 위해서 노동자에게 들어가는 인건비를 줄이려 했고 그로 인해 정규직과 비정규직을 만들어 정규직보다는 값이 싸고 보험도 들어줄 필요 없는 비정규직을 이용했고 현재까지도 기업은 자신들의 이윤을 위해 정규직과 비정규직을 구분하는 것이다.

이득을 취하는 사람이 있으면 반드시 손해 보는 사람들도 있듯, 기업이 이익을 얻기 때문에 국민은 더 고통받고 있다. 하지만 비정규직의 일자리 또한 없는 현재이기 때문에 국민은 기업의 부당한 행동에도 참고 견디는 것이다. 그러므로 나는 기업의 과한 욕심으로 인해 생겨난 정규직과 비정규직을 나누는 것은 옳지 않다고 생각하며 비정규직의 정규직 전환 및 비정규직의 폐지는 꼭 필요하다고 생각한다.

차별하지 않는 것과 차별하는 것의 경계선

논제

2022년 현재 사회에 느끼는 차별의 종류를 알아보자.

현재 사회에서는 사람들이 눈치채지 못하는 사이 많고 여러 형태로 이루어진 차별을 볼 수 있다.

예를 들면 인종차별, 성별 차별, 성 소수자차별, 외모 차별, 학력차별, 장애인차별, 특권층 차별 등등의 여러 차별들을 볼 수 있는데 이러한 차별들이 있다는 것은 대부분의 사람들이 알고 있다. 또한 이러한 차별들이 옳지 않다고 배웠다. 하지만 이렇게 차별을 알고 옳지 않은 것으로 배웠던 사람들은 자신이 차별하고 있다는 것도 모른 채 차별을 하고 있다. 예를 들면 결정 장애, 바깥양반, 안사람, 한국인이 다 되었다 등의 말들이 차별인지 인식하지 못하고 사용하고 있다. 하지만 안타깝게도 대부분의 사람들이 차별하는 것과 차별하지 않는 것의 경계를 잘 구분하지 못한다. 과연 왜 차별의 경계를 잘 구분하지 못할까?

그 이유는 다수가 특권층이기 때문이다. 여기서 특권층은 성 소수자, 장애인, 외국인 등을 포함한 소수집단에 속하지 않는 사람들을 포함한다. 우리는 대중교통을 이용하고 운동을 하며 우리나라 국적을 따지 않아도 되고 결혼 또한 할 수 있기 때문이다. 하지만 장애인은 대중교통 이용이 힘들고 운동 또한 하기 어렵다.

또한 외국인은 우리나라에서 살려면 우리나라 국적을 따야 하고 성 소수자들은 동성과의 결혼이 힘들다.

이렇게 소수집단에 속하지 않은 사람들은 자신이 누리고 있는 것이 특권인지도 인식하지 못하고 살고 있다.

또한 특권층은 장애인이나, 성 소수자, 외국인 등이 아니기 때문에 특권층끼리의 대화에 결정 장애 같은 단어를 사용하여도 그것이 잘못되었다는 것을 잘 인지하지 못하는 것이다. 이렇게 많은 사람들이 차별하는 것과 차별하지 않는 것의 경계선을 구분하지 못하는 이유는 대부분의 사람들이 특권층이기 때문이다.

다른 이유로는, 다수집단의 고정관념이 다수집단에 속해있는 사람들 개개인의 무의식에 소수 계층을 부정적으로 바라보는 고정관념을 가지게 했기 때문이다. 여기서 다수집단의 고정관념이란 것은 사회에서 살아가는 모든 집단 중 가장 비중이 큰 다수집단의 고정관념 섞인 생각들이 모인 것을 말하는데 이때 다수의 고정관념이 성 소수자, 장애인, 외국인들을 부정적으로 바라보기 때문이다. 집단에 대한 고정관념은 외부에서 시작되지만, 사람들은 그 집단에 소속감을 느끼면서 그 집단의 고정관념을 자신의 고정관념으로 받아들이는데 대부분의 사람들은 다수집단에 속해있기 때문에 다수집단이 소수 계층을 부정적으로 바라보는 고정관념이 집단을, 즉 개개인들에게 무의식적으로 소수집단을 부정적으로 생각하는 고정관념을 가지게 만들고 소수집단을 부정적으로 바라보는 개개인들의 고정관념들이 모여 무의식적으로 소수집단을 부정적으로 바라보고 차별하는 행동을 하게 된다.

이렇게 차별하는 것과 차별하지 않는 것의 경계선을 구분하지 못하는 이유는 다수집단의 고정관념이 다수집단에 속해있는 사람들 개개인의 무의식에 소수 계층을 부정적으로 바라보는 고정관념을 심어주었기 때문이다.

이외에도 현 2022년 사회에서는 생각보다 꽤 많은 차별이 일어나고 있는데 현 사회에서는 차별받은 사람은 있는데 차별한 사람은 없는 경우가 허다하다. 이게 무슨 말이냐면 차별당하는 사람은 있는데 차별하는 사람은 자신이 차별하는지도 모르고 차별하며 살아가고 있는 것이다. 위에서도 언급했듯이 결정 장애, 바깥양반, 안사람 등등의 말들은 사람들이 일상생활에서 많이 사용하고 있는 말이며 결정 장애 같은 경우 나 또한 사용했었다. 당시 결정 장애라는 단어가 장애인을 비하하는 발언이라고 생각하기보다 가벼운 농담처럼 결정 장애라는 단어를 사용했다.

이렇게 자신은 차별하지 않는다고 단언하는 사람도 사실은 자신도 무의식적으로 차별을 할 수 있다는 것을 알고 항상 조심해야 할 것이며 차별과 차별하지 않는 것의 경계를 잘 구분해야 할 것이다.

학교폭력의 사각지대

주장

학교폭력을 막기 위해서는 사각지대의 심각성을 알아야 한다.

현재 우리나라는 법을 기반으로 사회가 형성되고 구성되는데 이 사회가 제대로 운영되기 위해서는 법 말고도 제도라는 것이 필요하다. 그렇다면 과연 이 제도라는 것은 무엇일까?

제도란, '법을 뒷받침으로 만들어진 일정한 절차나 업무처리방식'이라고 하는데, 제도는 치명적인 문제가 있다.

바로 제도의 사각지대이다. 제도의 사각지대는 제도의 보호를 받지 못하는 무방비한 상태를 말하는데 우리 주변에도 제도의 사각지대는 어렵지 않게 찾아볼 수 있다.

예를 들면 '복지 사각지대' 중 노숙 생활을 하는 노인들이 최저생계비에 못 미치는 수입으로 아사 지경이지만 부양가족이 살아있으면 기초생활보조금 지원이 되지 않는다. 또한 '사회보장제도'의 사각지대 중 빈곤층의 비율증가에서도 도시근로자 빈곤층이 늘어나고 있는 이유는 도시에는 일자리는 있지만 치열하고 양질의 일자리가 적어 저임금이나 비정규직 일자리에서 일하게 되고, 월급에서도 월세, 생활비, 교통비, 통신비 빼면 남는 것이 없어도 이들은 수입이 없는 것이 아니기 때문에 사회보장제도를 이용하지 못한다. 실제로 전체 가구 빈곤율은 7.2%인데 도시근로자 빈곤율은 7.7%에 육박한다. 이를 보면 사회보장제도의 사각지대는 큰 문제라고 생각된다.

또 다른 문제라고 생각되는 학교폭력은 선생님의 시야에서 벗어나면 아이들 사이에 폭력이 일어나는 경우가 있다. 실제로 경주의 한 고등학교 기숙사에서 선배들의 폭력을 견디지 못해 기숙사의 사감에게 피해를 호소했지만 사감선생님은 가해자를 한자리에 불러놓고 사과를 시켰고 가해자는 피해자에게 보복폭행을 가하였다. 이렇게 학교에서 선생님의 시야에서 벗어나면 어떤 일을 당할지 모른다.

나는 이러한 문제들 중 가장 공감되었고 치명적인 학교폭력의 사각지대를 좀 더 사세히 알아보려고 한다.

학교폭력을 막으려고 선생님들이 예방 교육 또한 실시하고 있고 관심을 가지기는 하지만 그것만으론 부족하다.

현재 중학교 평균 학생 수가 340명 교사 수는 50명 정도이다. 학생 수는 교사 수의 약 7배인데 과연 선생님들이 7배가 달하는 학생들을 잘 관리할 수 있을까?

내 생각에는 아니라고 생각된다. 그 이유는 실제로 학교폭력이 일어나는 이유 중 큰 비중을 차지하는 것은 선생님들의 부족한 관심이기 때문이다. 선생님들이 관심을 쏟아도 선생님의 수가 학생들보다 절대적으로 부족하다.

선생님의 수가 적다 보니 아무리 관심을 쏟아도 닿지 않는 곳이 생기게 된다.

또 두 번째 이유로는 선생님들은 문제를 좋게 해결하려고 하기 때문이다.

실제로 대부분의 선생님들은 학교폭력이 일어나면 담임선생님의 선에서 해결하고 문제를 덮으려고 했다.

선생님의 입장에서는 그것이 골치도 덜 아프고 아이들을 위해서 하는 일이라고 생각할지 몰라도, 그것은 학교폭력을 예방하는 일이 아니라 가해자가 솜방망이 처벌을 받고 풀려난 셈이다.

그럼 이 가해자는 학교폭력을 하지 않았을까?

아니다. 가해자는 다시 친구들을 괴롭히고 시비 걸기 시작했다. 결국 이 가해자는 선생님이 문제를 덮고 얼마 되지 않아 또다시 문제를 일으켰다. 하지만 이 가해자는 초등학교를 생활하면서 제대로 된 처벌을 받지 않은 상태로 졸업했다. 나는 실제로 내가 학교생활을 하면서 선생님들이 학교폭력 관련 사건을 옳은 방법으로 처리하는 것을 잘 보지 못했다. 그러므로 나는 학교폭력의 선생님의 옳지 않은 대처방식도 사각지대 중 하나라고 생각된다. 학교폭력이 예방과 그 처리 과정에서 경찰의 대응 방안은 무엇보다 중요하다고 할 수 있는데, 현 경찰이 학교폭력에 대하여 어떠한 생각을 가지고 어떠한 방법으로 대응하고 있는지부터 알아야 할 것이다.

현재 만 14세 이하는 법적으로 처벌이 불가한 제도가 있는데 이

제도의 사각지대는 아주 심각한 문제가 있다.

어떤 문제가 있냐 하면 현재 만 14세 미만이 저지르는 학교폭력은 전체 학생이 저지르는 학교폭력 중 한 비중을 차지하고 있는 상황인데 이들은 법적 처벌을 받을 수 없도록 법이 제정되어 있다.

그래서 경찰들이 개입을 하게 된다 하더라도 초등학교에는 큰 영향을 미치지 못할뿐더러 중학교도 1학년까지는 영향을 미치지 못한다. 그렇다면 이 시기에 학교폭력을 당하는 학생들은 의지할 곳이 선생님 외에는 없는 상황에 놓이게 되는데 위에서 말했듯이 선생님은 문제의 근본적인 해결에는 별로 도움이 되지 않는다. 그러므로 초등학교 때 학교폭력을 막을 방법은 거의 없다. 또한 경찰들도 위의 법 때문에 어린이 학교폭력에는 잘 개입하지 않으려 하고 개입한다고 해도 흐지부지하게 해버린다. 이렇게 경찰들은 약아빠진 생각으로 소극적 수사를 진행하는 것 또한 학교폭력과 관련된 큰 문제 중 하나로 해당한다.

그렇다면 이러한 문제들과 사각지대로 둘러싸여 있는 학교폭력을 어떻게 해결할 수 있을까?

첫 번째로는 학교에 학교폭력 관련 직업을 만들어 각 학교에 배치해야 할 것 같다.

위의 문제점 중 선생님의 수가 학생 수보다 절대적으로 적다고 했는데 이 문제를 해결하기 위해 학업 관련 선생님이 아닌 오로지 학교폭력을 억제하기 위한 선생님들을 학교에 각각 배치하면 선생님의 인원은 큰 변화가 없지만 학교폭력에만 관심을 가지고 해결하는 선생님들이 있으므로 학교폭력이 적지 않게 억제될 것이라고 생각한다. 또한 두 번째로는 법과 제도를 고칠 필요가 있다.

현재 만 14세 이하는 법적 처벌을 물을 수가 없다고 기재되어 있는데 이를 고쳐서 만 12세로 줄여야 할 것 같다고 생각한다. 그 이유는 실제로 초등학생이 왕따를 당하는 아이들이 존재하며 학교폭력을 당한 아이들도 있었기 때문이다. 실제로 초등학교 때 학교폭력을 당한 아이들은 적지 않았다. 하지만 만 13세로 법을 조정하게 되면 초등학교 고학년 학생들은 법적 처벌을 물을 수 없으므로 만 12세까지 법적 처벌을 물을 수 있어야 한다고 생각한다. 이렇게 위와 같은 방법들이 실제로 실행되면 학교폭력에 대한 문제는 어느 정도는 나아질 것이라고 전망된다. 하지만 이런 방법들이 실행된다고 해도 학교폭력이 사라질지는 장담할 수 없다.

그 이유는 학교폭력을 가하는 학생들이 학교폭력을 가볍게 생각하고 대다수의 학생들이 관심을 가지지 않고 있기 때문이다. 그러므로 학생들이 직접 학교폭력에 관심을 가지고 예방하려고 노력해야 하며 선생님들은 자신들의 위치를 인식하고 근본적인 문제를 해결하는 데 앞장서야만 학생들은 더 나아진 학교생활을 누릴 수 있을 것이다.

환경과 인간의 윤리의식

주장

환경이 인간의 윤리의식을 파괴할 수 있다.

나는 최근 『감자』라는 김동인 작가의 단편 전집에서 「태형」이라는 소설을 읽게 되었다.

이 「태형」이라는 소설에서는 40여 명의 죄수들이 좁은 감옥에서 수감생활을 하는 내용이 담겨있는데 이 소설에서 사람들은 극한의 상황에서 자신들의 이익을 위해 한 사람을 죽는 길로 내몰게 된다.

극한환경이라도 인간이 본능적으로 자신의 이익을 추구하는 것은 옳지 않은 행동이라고 머리로는 알고 있지만 나 또한 위 소설과 같은 환경에 놓인다면 옳은 행동을 할 수 있을지 장담할 수 없을 것 같다.

그래서 나는 환경이 인간의 윤리의식을 파괴할 수 있다고 생각한다.

그 이유는, 극한의 상황에서 인간은 인간이기를 포기하기 때문이다.

인간의 윤리의식은 인간이기에 마땅히 지켜야 할 도리를 지키고자 하는 의지를 말한다.

그런데 인간이기에 지켜야 하는 인간의 윤리의식을 지키지 않는다면 인간이기를 포기하는 것이기 때문이다.

극한의 환경에서 인간은 본능적으로 행동하는데, 인간은 동물과 다르게 이성적인 판단을 할 수 있지만 본능적으로 행동한다면 그것은 인간이 아니라 동물이기에 즉, 인간은 극한의 상황에서 인간이기를 포기한다는 것을 알 수 있다. 예를 들면 '태형'이라는 많은 수감자들은 자신들의 이익을 위해 한 사람을 죽게 만드는 본능적인 행동을 하는데 이 내용에서 또한 극한의 상황에서 인간이 인간의 윤리의식대로 행동하지 않는 모습을 볼 수 있었다.

이렇게 인간은 극한의 상황에서 인간이기를 포기하며 이는 더 이상 인간의 윤리의식대로 행동하지 않겠다는 것과 같으므로 환경이 인간의 윤리의식을 파괴할 수 있다고 생각한다.

또 다른 이유는, 환경이 인간의 윤리의식을 파괴할 수 없다는 것은 이론이기 때문이다.

대부분의 사람들이 인간은 어떤 상황에서도 살인하는 것은 옳지 않고 인간은 법으로 재판받아야 한다는 것을 알고 있다. 하지만 이것은 기본적인 이론에 불과하다. 실제로 견딜 수 없을 만큼 힘든 상황이 닥쳤을 때도 인간이 인간의 윤리의식을 지킬지는 다른 문제이다. 실제로 배다른 남매 중 여동생이 아버지에게 성폭행을 당하고 있다는 사실을 안 오빠는 아버지를 살해하는데 이 사건에서 오빠는 친족살해가 범죄라는 사실을 모르지 않았고 인간은 법으로 재판받는 것이 옳다는 것도 알고 있었지만 현실을 마주하고 보니 자신의 윤리의식을 실현하기에는 어려움이 있었다. 이렇게 어떤 환경에서도 인간의 윤리의식을 지켜야 한다고 머릿속으로는 알고 있지만 현실을 마주했을 때 자신의 머릿속으로는 알고 있던 것들이 실현하기 어려움이 있듯이 환경이 인간의 윤리의식을 파괴할 수 없다는 것은 이론에 불가하므로 환경이 인간의 윤리의식을 파괴할 수 있다고 생각한다.

또한, 인간은 자신의 이익과 생존을 가장 우선시하기 때문이다.

인간은 무의식 속에는 본능적으로 자신의 이익과 생존을 원하는데 이를 이루기 위해 인간은 인간의 윤리의식을 지키지 않는다. '태형'이라는 주인공과 한방에 있던 사람들은 자신들의 이익과 생존을 위해 한 노인을 죽인 것과 마찬가지인 행동을 한다. 위 행동은 인간은 자신의 이익과 생존을 위해 인간의 윤리의식을 파괴하는 행동을 한 것이나 마찬가지이다. 현 사회에서도 자신의 이익을 위해 인간의 윤리의식에 해당하지 않은 비인간적인 행동을 하는 사람들은 존재한다. 예를 들면 현재 미국의 대통령이 바이든으로 확정 난 것과 다름없지만 트럼프는 자신의 이익을 위해 인수인계 등을 거부하며 버티는 중이다.

이렇게 인간은 자신의 이익과 생존을 가장 우선시하며 이익과 생존을 위해 인간의 윤리의식에 벗어나는 행동을 하는 경우도 허다하기에 환경이 인간의 윤리의식을 파괴할 수 있다고 생각한다.

허구로 만나는 세계

재해
노영우

2365년 지구는 한 생물에게 위협받는다. '그것들'은 닥치는 대로 먹어 치우며 걷잡을 수 없이 증식했다. 그것들은 재해라고 불리며 모든 것을 없앴다. 그리고 매일같이 인명피해는 늘어나고 있었다. 그것을 볼 수밖에 없던 사람들은 한 가지 해결책을 내놓는다. 그것은 그것들이 없는 커다란 돔을 세워서 막는 것이었다. 정부는 돔 건설에 들어갔고 그 돔을 'PPS'라고 부른다.

◆◆◆

"야! 백민혁! 빨리 안 일어나?"

아침부터 우리 엄마는 나와의 사투를 벌이고 있다. 이대로는 고등학교 입학식에 늦을 게 뻔했다.

"알겠어요…."

대충 말하고 하품을 한 뒤 머리를 감고 식탁에 앉아 밥을 먹은 뒤 옷을 차려입는다.

"엄마, 학교 다녀오겠습니다."

나는 현관을 나가 학교로 출발했다. 핸드폰으로 지도를 확인하며 학교에 간다. 언제나 느끼는 거지만 풍경은 처참했다. 돔을 만들었지만 하나의 PPS를 건설하는 데에는 엄청나게 많은 자원이 들어갔다. 그 결과 돔은 한정적으로 만들어졌고 소수만이 간택되어 PPS 안으로 들어갔다. 그리고 간택되지 못한 사람들은 PPS 주변에서 생활하며 재해가 오는 경보를 듣고 잠깐씩 안에 들어가 위험을 피할 뿐이었다. 그리고 다시 돌아가면 건물이 대부분 무너져 있고 사람들은 삶의 터전을 잃어갔다.

"더러운 세상 멸망해버려라."

나는 내 현실에 절망하며 투덜거리는 사이 옆에서 나를 치며 누군가 말했다.

"여기서 더 멸망하면 너도 죽을 텐데?"

얘는 내 친구 강민희다. 어릴 때부터 부모님이 친하셔서 자주 만나다 보니 친해진 소꿉친구라고 할 수 있다. 그리고 민희는 어렸을 때부터 인기가 많다. 애들 말로는 성격이 좋다거나 뭐라고 하는데 다 거짓이다. 내가 아는 강민희는 나에게는 엄청 쓰레기처럼 대하면서 남에게는 잘 대해준다. 다른 애들은 모두 그 가식적인 모습만 보고 있다. 그 때문에 중학교에서는 러브레터를 많이 받았었다. 이번에 같은 반에 배정받았다.

"뭔 생각을 그렇게 하냐?"

갑자기 내 뒤통수를 때리며 물었다. 나는 뒤통수를 감싸며 말했다.

"말만 하지 좀 되게 아프네 진짜."

그리고 우리는 같이 반에 들어갔다. 그래도 지각은 면했다. 역시 민희는 반 아이들의 주목을 한 몸에 받았다. 그리고 그 민희와 함께 들어온 나도 주목을 받아버렸다. 사실 작년에 민희와 함께 다닌다는 이유로 그녀를 좋아하는 아이들에게 미움을 산 적이 있었다.

'또 미움받게 생겼네.'

반 여기저기에서 나를 비웃는 듯한 시선이 느껴진다.

'이쯤 되면 이제 인정해야 하나?'

나는 민희와 함께 남아있는 자리에 가서 앉았다. 그렇게 선생님이 출석번호를 모두 부르고 쉬는 시간이 왔다. 역시나 얘한테 애들이 모여들었다. 모인 애들은 저마다 질문을 하기 시작했다. 나는 갑작스러운 질문 공세에 당황하는 민희를 선생님께서 부르신다는 말을 전하고 교무실로 데려갔다. 물론 그 과정에서 나를 고깝게 보는 애들도 있겠지만 그것은 내 알 바가 아니다.

선생님과 대화를 조금 나눈 뒤 수업을 하고 있었다.

그 시간은 역사 시간이었다.

"자, 여기 교과서 목차부터 살펴보자 우선 1단원은-."

그렇게 교과서를 읽고 오늘은 첫날이니 수업은 없다며 궁금한 것이 있으면 물어보라고 하셨다.

"쌤~ 남자친구 있어요?"

그 질문에 반이 떠들썩해졌다. 그러더니 선생님께서는 그런 건 묻지 말아 달라고 했다. 순식간에 실망한 애들이 모두 자기들끼리 말하기 시작했다. 그리고 갑자기 큰 폭발음이 들리고 땅이 흔들렸다.

"뭐야 무슨 일이야!"

"지진인가?"

그렇게 반에 있는 학생들이 모두 사색이 되어있었다.

"애들아, 5급 재해다! 모두 강당으로 대피해! 빨리!"

우리 강당에는 결계를 펼쳐 30분 동안은 안전한 간이 대피소로도 쓰인다. 선생님께서 소리를 지르시며 학생들을 강당으로 대피시켰다. 그 순간 나는 왠지 모를 불안감에 휩싸였다.

'왜 경보가 안 울렸지?'

'밖에 있는 사람들은 어떡하지?'

'우리 엄마는?'

엄마의 생각이 났을 때 나는 이미 집으로 가려 하고 있었다. 선생님께서 나를 붙잡으시며 뭐 하는 거냐고 물어도 나는 선생님의 손길을 뿌리치고 집으로 달려갔다.

"엄마!"

나는 우리 집을 본 순간 다리에 힘이 풀려 주저앉았다. 우리 집이 있었던 곳은 건물이 무너져내려 버렸다. 그 순간 뒤에서 익숙한 목소리가 들렸다.

"야! 백민혁! 너 여기서 뭐-."

민희는 무너진 우리 집을 보더니 그 자리에서 주저앉아 버렸다. 민희의 얼굴이 창백해졌다. 나는 울었다. 그리고 간신히 눈을 뜨고 있는 내 앞에 재해가 나타났다. 이젠 도망칠 힘도 없었다. 나는 눈을 감았다.

"야, 백민혁! 일어나!"

소리 지르는 강민희 덕분에 눈이 뜨였다. 옆에서 나에게 소리치며 나를 끌고 가려 하는 강민희가 보였다.

"일어나! 일어나라고! 죽기 싫다고!"

강민희가 울며 말했다. 하지만 재해는 계속해서 다가왔다.

"살려줘! 살려달란 말이야! 살려 달라고!"

이 상황이 오기 전까진 말이다. 나는 최대한 힘을 내서 함께 도망치기 시작했다. 내 다리근육이 찢어지는 것 같았다. 그래도 나는 죽기 살기로 도망쳤다. 그리고 저 멀리서 지원을 오는 군인을 보았다. 살았다. 살았다. 살았다.

"괜찮으십니까!"

나는 괜찮다는 말은 못 하고 고개만 끄덕거렸다. 그리고 나는 그대로 쓰러져 버렸다.

◆◆◆

나는 어딘지 모를 새하얀 천장을 보며 깨어났다. 일어나며 기지개를 피고 있는데 팔에 무언가 걸리적거리는 것이 있었다.

"아야! 아우~ 아파라."

인상을 찌푸리며 팔에 붙어있는 링거 바늘을 보았다. 주위를 둘러보니 보이는 의료기기들을 보며 이곳이 병원이라는 것을 알 수 있었다. 그대로 병실 문을 열고 나가려 하는데 옆쪽 소파에서 누군가 움직이는 소리가 들렸다. 그것은 퍼질러 자고 있던 민희였다. 아니 근데 왜 얘가 여기 있지?

"야 일어나 시끄러."

"어우 뭐야, 일어났네?"

민희는 침을 닦으며 일어서려다 나를 보고 멈칫했다.

"어? 일어…났네?"

민희는 갑자기 병실을 뛰쳐나갔다. 그리고 큰소리로 의사를 불렀다.

"선생님! 민혁이가 깼어요! 선생님!"

그러자 민희와 함께 가운을 입은 남자와 간호사들이 들이닥쳤다.

"불편하신 곳은 없으신가요?

"네, 다른 사람들은 아직 일어나지 못했나요?"

그러자 옆에 있던 경찰은 깊은 한숨을 내쉬며 말을 건네기 시작했다.

"그래 생각보다 사상자가 많았어, 하필 너희 학교 강당에 있는 결계의 에너지가 모두 소진되어 결국 무너져 버렸다. 그건 전투사들도 어쩔 수 없었어."

나는 그 순간 엄마 얼굴을 떠올렸다.

"저희 엄마는요? 우리 엄마는 어디 있죠?"

"……."

나는 그 찰나의 시간 동안 바뀐 공기를 느끼고 엄마의 행방을 알 수 있었다.

"네, 잘 알겠어요."

나는 무기력하게 침대에 누웠다. 나는 그대로 잠에 빠졌다.

그리고 5주 후에 퇴원했다.

◆◆◆

나는 입원해있는 동안 마음을 추스르고 모든 걸 받아들였다. 솔직히 나는 겉으로는 신경 쓰지 않는 척을 하고 있지만, 신경을 안 쓸 수가 없다. 다른 사람도 아니고 우리 엄마니까 말이다.

"그러면 이제 퇴원하시면 됩니다."

"감사합니다."

나는 나를 마중 나온 민희와 함께 다시 바깥으로 돌아갔다.

"다시 학교에 가야 하나."

나는 습관적으로 무너진 우리 집으로 가고 있었다. 그리고 얼마 가지 않아 무너진 우리 집이 보였다. 그래도 민희네 집에서 한동안 살게 해주신다는 연락을 받았다. 그나마 살 곳이 생겨서 다행이라고 해야 하나. 그렇게 민희네 집 앞에서 자그마치 1시간이나 기다렸다. 하여튼 시간을 못 지키는 건 여전하네. 그때 저 멀리서 손을 흔들며 뛰어오는 민희를 보았다.

"야! 1시간이나 기다리게 하면 어떡하냐?"

나는 머리를 살짝 콩 치며 약간 화를 냈다.

"아니 이제 익숙해질 때 되지 않았어?"

민희는 이제 당연하다는 듯이 다음에도 늦을 거라고 한다. 이거 친구를 잘못 사귄 것 같은데?

"아무튼, 빨리 문이나 열어 나 너무 피곤해 빨리 가서 잘래."

"백민혁 이 바보야 우리 집에 네 방은 없어! 거실 소파에서나 자!"

나는 너무하다는 눈빛을 보냈다.

'와 아무리 그래도 진짜 너무한 거 아니냐고 집 무너진 사람한테 이게 무슨, 하여튼 진짜 마음에 안 들어.'

"어머, 민혁이 왔니? 밥은 먹었어? 왜 이리 홀쭉해졌어, 빨리 와서 앉아 밥 먹자."

민희네 엄마는 나에게 사양할 틈도 없이 나를 식탁 앞에 앉혔다.

"그럼 잘 먹겠습니다."

'아우, 역시 요리실력이 뛰어나시다니까. 우리 엄마는 이렇게 못 했는데.'

나는 너무 오랜만에 먹는 집밥에 그리움이 담긴 눈물을 훔쳤다.

그렇게 밥을 먹은 후 나는 아주머니의 배려로 다락방에서 신세를 지기로 했다.

나는 다락방 천장에 나 있는 창으로 보이는 별을 보며 중얼거렸다.

"별이 밝네."

나는 그날 밤에 아무도 모르는 눈물을 흘렸다. 그 눈물이 흐르는 것은 나조차도 알지 못했다.

나는 그렇게 내일을 맞았다.

◆◆◆

나는 아침에 일어나 등교를 했다. 물론 옆에 있는 이 귀찮은 녀석과 함께. 그래서 나는 민희를 버리고 뛰었다.

"야! 같이 가!"

절대로 같이 가고 싶지 않은데, 왜 이렇게 달라붙는 거지 나는 못 들은 척하며 달렸다

"야!"

하지만 민희는 나보다 빠르다. 가끔 육상 제의가 들어오기는 했지만 모두 거절했었다. 결국, 나는 순식간에 목덜미를 잡혔다. 나도 꽤 빠른 편인데.

"어딜 도망가! 내 앞에서는 아무도 도망 못 가. 후후후."

아무튼, 옆에서 조잘거리는 민희와 같이 학교로 가고 있었다.

"맞다 백민혁! 너 그 시험 준비하고 있냐?"

시험이라니? 그게 무슨 소리야? 시험이라니!

"너 설마 몰랐어? 오늘 PPS에 들어갈 지원 병력 뽑잖아."

아 맞다, 그런 게 있었지? 그 일 때문에 까먹었었다.

"그래서 시험은 언제 치는데?"

내 말에 민희는 그것도 모르냐면서 일정을 알려주었다.

"오늘 접수하고, 내일 시험 치잖아! 그것도 모르냐? 그리고 돔 안쪽에서의 정부군은 엄청 좋은 대우를 받는다고 한다고 해."

'음~ 좋아, 거기 들어가면 인생이 만사형통이겠어.'

"그럼 시험내용은? 그것도 알고 있냐?"

"아니? 대신에 어떤 형식으로 굴러가는지는 알고 있지, 후후후. 알려줄까? 그런데 어쩌나 내 입은 좀 많이 비싸단 말이지."

"필요 없어 나는 그런 거 없어도 잘 칠 수 있거든? 너 혼자 많이 아세요, 난 간다!"

◆◆◆

그 이후, 하루가 흐른 뒤 나와 민희는 학교를 마치고 시험장으로 갔다.

"와, 이렇게 큰 건물이 있었단 말이야?"

그 건물은 재건의 흔적이 없었다. 그 말은 여기는 안전하다는 소리였다.

"자 모두 모였나?"

앞쪽에서 확성기를 들고 말하는 남자가 있었다. 그쪽을 보자마자 나는 임을 다물지 못했다.

'미친, 엄청나게 잘생겼잖아?'

내 주위에도 같은 생각을 하는 사람들이 많아 보였다.

"앗! 저분은 시험관이신 '김민재' 님이잖아?"

"뭐? 그 김민재?"

그 사람은 엄청난 인기를 끌고 있는 그 김민재다. 이미 여자애들은 소리 지르고 난리 났네, 난리 났어.

"조용히 하세요. 아니면 싹 다 탈락시킬 겁니다."

그 한마디에 모두가 숨을 죽였다.

"우선 시험을 치르는 것이 두려운 사람은 지금이라도 갈 수 있으니 가세요. 이번 시험은 참가자가 많아서 더 어렵게 할 겁니다. 잘못해서 죽는 건 시간문제입니다."

죽는다는 그 말에 삼분의 일정도 되는 참가자들이 빠져나갔다. 그리고 남은 참가자들의 손목에 팔찌가 채워졌다.

"그럼 시작하겠습니다."

그 말과 동시에 주위에 투명한 막이 펼쳐졌다. 안쪽으로 펼친 걸 보니 못 나가게 하려는 것 같네. 그리고 얼마 지나지 않아 팔찌에서 홀로그램이 나왔다.

"안녕하세요. 여러분, 저는 여러분을 안내할 '로니'라고 합니다. 그럼, 바로 규칙을 설명하겠습니다. 우선, 이 막 안에는 여러 가지 생명체를 구현해 놓았습니다. 그리고 그 생명체를 잡을 때마다 이 팔찌에 포인트가 적립됩니다. 그리고 가끔 위험한 것들도 있으니까 조심하도록 하세요! 그리고 이 팔찌를 빼앗기면 빼앗은 사람이 그 사람의 포인트를 몽땅 가져가고 빼앗긴 참가자는 자동 탈락 처리됩니다. 그럼, 열심히 시험에 임하세요!"

그리고 여기저기에서 소리가 들려왔다.

"이건 내가 가져가겠어!"

"어림도 없는 소리! 그건 내가 가져간다!"

"이런! 안돼!"

그리고 한 명씩 탈락자가 나오기 시작했다. 나와 민희도 열심히 잡았다. 하지만, 우리가 가지고 있는 것은 기본 지급되는 간단한 권총밖에 없었다. 하지만 권총도 못 쏴본 애들은 탄창을 갈지도 못하고 당하기만 한다. 나야 뭐, 옛날에 민희랑 놀면서 민희 아버지께서 사격장에 몇 번씩 데려가 주셔서 대충은 안다. 민희도 기본적인 지식은 있으니까 괜찮겠지. 그렇게 10포인트를 얻었을 때 뒤쪽에 있는 수풀에서 소리가 났다.

'뭐지? 또 다른 생명체인가? 아니면 사람? 뭐든 간에 조심해야겠다.'

"어? 민혁이잖아?"

난 또, 누군가 했네.

"얘들아, 괜찮아! 민혁이야! 백민혁!"

민희가 소리치니 민희 뒤에 숨어있던 몇몇 사람들이 모습을 드러냈다.

"안녕 나는 그 민소희라고 해, 반가워!"

먼저 첫 번째로, 뭔가 되게 소심해 보이는 연갈색빛 머리카락을 가진 조그마한 여자애가 작은 목소리로 자신의 이름을 말하고 나왔다.

"아이 진짜, 되게 답답하네. 나와봐!"

그리고 그 뒤에서 후드티를 입고 한 손에 총을 들고 있는 여자가 나왔다.

"야 너, 우리랑 같이 다니자! 우리가 팀원이 없어서 고생하고 있거든. 마침 네 친구도 있으니까 같이 가자. 아 참 나는 이단지라고 해."

아니, 뭐 저리 당당해? 물론 거절할 생각은 없지만.

"좋아, 대신에 아주 중요한 문제가 하나 남아있지."

"문제라니?"

"포인트 배분 말이야. 설마 그냥 떼먹으려는 건 아니지?"

"알겠어, 그럼 너희 둘이랑 우리 둘이서 5대5로 나누자. 그러면 됐지?"

그렇게 나와 민소희 그리고 민희와 단지로 나누어졌다. 이왕이면 친한 사람과 하고 싶었는데 이단지가 자기는 민희와 헤어질 수 없다면서 떼를 쓰길래 그냥 넘겨줬다. 그리고 바로 생명체가 나타났다. 이번에는 도마뱀? 인가? 머리에 뿔이 달려있네? 그리고 뿔 쪽으로 뭔가가 모이고 있다. 이런 낭패다. 저건 12급 재해잖아! 재해가 어떻게 여기에 있지? 그리고 한순간 나는 로니가 한 말이 내 머리를 스쳐 지나갔다.

'가끔 위험한 것들도 있으니까 조심하도록 하세요!'

이런, 그때 말한 게 이거인가. 이건 좀 많이 위험한데. 제대로 된 장비도 없으면 아무리 약한 12급 재해라도 피해는 상당할 터였다.

'피하기에는 늦었다. 남은 방법은, 힘을 모두 모으기 전에 처리해야 해.'

하지만 빨리 맞혀야 한다는 생각에 사로잡혀 재해를 똑바로 맞추지 못했다. 그리고 공격이 날아왔다. 그 공격은 소희에게 가고 있었다.

'막아야 해! 하지만, 어떻게?'

내 머리가 결론을 내리기 전에 몸이 먼저 움직였다. 소희의 앞을 막아서며 공격을 등졌다. 그리고 공격을 대신 맞았다. 아니, 맞을 뻔했다. 다행히 단지가 날아오는 공격을 총으로 쏴서 막고, 재해도 정확하게 머리를 맞춰 쓰러뜨렸다고 한다. 단지는 지신의 총기를 다루는 실력은 또래에 누구에게도 뒤처지지 않는다고 했다. 지금 보니 그 말이 맞는 것 같다. 그렇게 시험은 다음 날까지 이루어졌다. 그리고 시험이 끝나고 일주일 후, 나와 민희는 시험 결과를 들으러 다시 시험장에 갔다.

"네, 안녕하세요. 무엇을 도와드릴까요?"

안내 데스크로 가니 직원이 인사를 했다.

"저희는 저번에 있었던 시험 결과를 확인하러 왔습니다."

"네 잠시만 기다려 주세요."

잠시 후,

"여기 옆에 있는 홀로그램을 따라가시면 되겠습니다."

"감사합니다."

나와 민희는 홀로그램을 따라 17층에 도착했다.

"대박, 엄청 넓잖아?"

민희도 나와 같은 생각을 하는 것으로 보인다.

"여긴가 봐."

우리는 그대로 커다랗고 하얀 방으로 들어갔다. 그리고 그곳에는 소희와 단지도 있었다.

"안녕, 너희도 결과 보러 온 거야?"
소희 옆에 있던 단지가 달려오듯 다가오며 물었다.
"어? 맞아, 우리도 그거 보러 왔어."
"음~ 그렇구나? 그런데, 왜 쟤랑 같이 와?"
"오다가 만났어. 그나저나 결과는 언제 나오는 거야?"
내가 화제를 급하게 돌렸다. 그리고 30분 후 그때 봤었던 시험관이 나왔다.
"자, 모두 모이셨으면 합격자를 공개하겠습니다."
곧바로 스크린에 합격자 명단이라고 쓰여있는 표가 나왔다. 그리고 사람들의 환호와 탄식의 소리가 들려왔다.
'내 이름은 어디 있지? 민희는 합격한 것 같던데.'
나는 불안하게 표를 천천히 둘러봤다. 그리고 얼마 지나지 않아 내 이름을 발견했다.
'왼쪽 하단에 3번! 됐다! 합격했어!'
그리고 민희와 나는 눈이 마주쳤다. 나와 민희는 같은 생각을 하고 있는듯했다. 그리고 옆에서 익숙한 목소리가 울려 퍼졌다.
"꺄아악! 됐어! 합격했어! 드디어! 소희야! 너도 합격이잖아!"
"어? 정말? 나도?"
"당연하지!"
그러고 소희는 단지를 향해 배시시 웃었다. 그리고 단지가 우리를 향해 외쳤다.
"야! 우리도 붙었다!"
"그래그래, 잘했다. 그런데, 그걸 그렇게 크게 말해야 했니, 사람들이 다 보잖아."

그러자 단지는 상관없다는 듯이 행동했고 소희는 낯가림이 심해 단지의 뒤로 숨었다. 다행히 단지의 키는 소희보다 좀 많이 커서 다 숨겨졌다.

◆◆◆

그리고 오랜만에 만났으니 조금 놀자고 단지가 의견을 냈다. 그러자 마치 기다렸다는 듯이 좋다고 수락하는 민희가 너무 한심했다. 아침 일찍부터 결과를 들으러 나온 나에게는 사형 선고 같은 말이다. 그래서 빠져나가려 했지만 단지가 내 뒷덜미를 잡아 데리고 갔다.

"야, 우리 저기서 놀자!"

"무슨 소리! 여기는 너무 더워, 다른 곳에서 놀자니까?"

"그러다 시간 다 간다고!"

아니, 시간은 너희가 잡아먹고 있잖아.

"그냥 대충 가까운데 가서 놀자. 응?"

옆에서 소희가 소심하게 발언했다.

"안 돼, 오랜만에 만났는데 아무 곳이나 갈 수 없지!"

"맞아!"

이럴 땐 마음이 잘 통하는구나. 그렇구나.

"아 그냥 내가 가자는 대로 가자고!"

"싫어!"

"둘 다 그만!"

내가 큰 소리로 소리치자 싸움을 멈추고 나를 돌아봤다.
"빨리 정해, 아니면 난 집에 간다."
그러더니 둘이서 갑자기 소희를 끌고 대화를 하더니 나를 보며 웃었다. 사악한 웃음이다. 어쩐지 불안하다.

◆◆◆

나는 지금 하늘을 날고 있다. 저 높은 하늘, 너무 아름답다. 하지만 주변을 보니 열광하는 민희와 단지 울고 있는 소희가 보였다. 그리고 떨어졌다. 그대로 떨어졌다. 그리고 기구에서 내린 뒤 화장실로 달려갔다. 화장실에서 나올 때는 얼굴이 엄청 수척해져 있었다.
'그때 간다고 하지 말았어야 했는데 하필이면 놀이공원이라니 진짜 싫어.'
내가 놀이공원을 싫어하는 이유는 단 하나다. 바로 고소 공포증이 심하기 때문이다.
"어우, 죽겠다."
단지는 소희를 달래주느라 정신이 없다.
"소희야 저기, 미안해."
세상에, 단지가 사과를 하다니, 절대 사과를 안 할 것 같은데. 역시 사람은 겉모습으로 판단하면 안 되는구나.
"그럼 우리는 이제 뭐 타지?"
민희가 우리에게 물었다.
"그러게? 나랑 민희는 잘 타는데 민혁이 너랑 소희는 잘 못 타잖아?"

그때, 민희가 한 가지 해결책을 내놓았다.

"그럼 간단하지! 나랑 단지가 같이 다니고 너랑 소희가 같이 다니면 되잖아?"

얼레? 생각보다 간단한 문제잖아?

"그러면 우리는 여기서 나눠지자 우리는 먼저 간다."

그렇게 단지가 민희를 끌다시피 데리고 갔다. 아니, 이대로 두면 나보고 어떻게 하라고 진짜 너무한 거 아니야?

"그럼 우리도 갈까?"

"좋아, 가자."

그렇게 즐겁게 놀고 있는데 갑자기 귀가 찢어질 듯한 소리가 들렸다.

"비상 상황입니다. 손님들께서는 안전하고, 침착하게 대피해 주시기 바랍니다. 다시 한번 말씀드립니다. 손님들께서는-."

그대로 반사적으로 나는 소희의 손을 잡고 달렸다. 이렇게 큰 시설은 언제나 대피소가 있기 마련이다. 지도를 보니 대피소는 우리와 거의 반대편에 있다. 그렇다면 차라리 여기서 가까운 출구로 나가는 게 더 안전할 것이다. 하지만 나의 그 판단은 잘못되었다. 출구 쪽에서 재해가 나타난 것이다. 하지만 우리는 아무것도 모르는 채 달렸다. 그렇게 출구에 도착했지만 우리는 절망했다. 재해는 거침없이 부수고 있었고 사람들은 바닥에 널브러져 있다.

"미, 민혁아, 우, 우리 빨리 가야 하는 거 아니야?"

"소희야! 뛰어!"

그 후로 미친 듯이 뛰기 시작했고 우리는 끝내 대피소에 다다랐다. 그리고 그 안에는 반가운 얼굴도 있었다.

"민희야! 단지야!"

"소희야! 너 괜찮아? 다친 데는 없고?"

'저기, 나도 있는데요.'

"지금 밖에 상황이 어떻게 돌아가는 거야?"

단지의 물음에 나는 상황을 설명했다.

"그러니까, 네 말대로면 지금 9급 재해가 나왔다고?"

"그렇다니까? 그리고 그 재해, 지금 이쪽으로 오고 있어."

"그럼 어떡해?"

단지가 나를 보며 말하고는 다시 소희에게 시선을 향했다.

"당연한 거 아니야? 우리가 잡아야지."

내 한마디에 민희와 친구들이 나를 미쳤냐는 듯이 쳐다보았다.

"아니, 그러니까 지원이 올 때까지만 잡아두자는 말이지. 아니면 여기까지 오는 건 순식간이다?"

민희가 옆구리를 찔렀다.

"야! 너 미쳤어? 어떻게 감당하려고 그래?"

"괜찮아, 다 생각이 있어."

"그래서 그 잘난 생각은 어떻게 되는데?"

"내가 아까 도망치면서 봐 둔 곳이 있거든? 일단 그쪽으로 유인하고 공격을 빵! 빵! 어때? 내 완벽한 전략이? 이렇게 하면 안전하게 할 수 있지 내 말이 맞지?

그리고 나는 맞았다. 민희의 주먹이 내 머리를 떠나갔다.

"미쳤어? 그걸 유인하자고? 게다가 무기는 어디서 구할 건데? 유인에 성공해도 무기가 없잖아."

"응? 그게 무슨 소리야?"

나는 영문을 모르겠다는 표정으로 민희를 쳐다봤다.

"그렇잖아? 지금 무기를 구하겠다니, 제정신이야?"

"나는 무기를 구하겠다고는 안 했는데? 무기는 다 있잖아? 여기에."

나는 뒤쪽에 있는 버튼을 눌렀다. 그러자 뒤쪽이 열리면서 무기 몇 개가 나타났다.

"야 너, 이거, 어떻게?"

단지는 나를 보며 믿을 수 없다는 눈치로 말했다.

"옛날에 아빠가 모든 대피소에는 위기 상황을 위한 무기가 설치되어 있다고 했어. 다만 버튼이 숨겨져 있어서 찾기가 어려울 뿐이지."

"너희 아버지는 대체 뭘 하던 사람이니?"

단지가 직접적으로 나에게 물었다.

"나도 몰라? 엄마 말로는 되게 유명했다고 하던데."

진짜로 나도 모른다. 내가 초등학교 4학년 때, 아빠가 사라진 이후로는 집에서 아빠 이야기를 절대 하지 않는다. 잠시 후 우리가 무기를 가지고 나가려 할 때 뒤에서 한 남자가 우리를 불렀다.

"잠깐 나는 현재 PPS에서 고위 관리직을 맡고 있는 김민재라고 한다. 내가 너희를 도울 수 있을 것 같은데."

그 말에 우리는 어둠 속에서 한 줄기 빛을 찾은 느낌이 들었다.

"헉! 진짜예요? 와 대박. 저희를 도와주신다고요? 그 김민재라고요?"

"그래, 우선 내가 도와주도록 하지."

그리고 우리는 5분 동안 그와 함께 작전을 세웠다. 솔직히 내키진 않았지만 어쩔 수 없지, 살려면 무슨 일을 못할까.

"자, 다 됐다."

그 작전은 간단하면서도 치밀했다. 감히 완벽하다고 말할 수 있는 수준이었다. 작전을 시작했다. 우선 내가 재해에게 다가가 유인을 시작한다. 그리고 5분, 딱 5분 후에 작전이 시작된다.

"뭐 이리 빨라! 도망가기도 힘들잖아?"

내가 5분 동안 유인하는 이유는 재해의 특성을 알기 위해서다. 재해의 특성에 따라 제압하는 방법이 달라져서 처리하기 쉽다. 그때 민희가 소리쳤다.

"야! 다 됐어! 빨리 와!"

나는 전속력으로 달려갔다. 그 뒤로 재해도 무섭게 달려왔다.

"이제 어디로 가야 해?"

"우리 바이킹 쪽에서 옆으로 가면 나오는 절벽 있잖아, 그 절벽에서 떨어뜨리고 다시 올라올 때 공격하래."

"좋아 빨리 가자!"

그렇게 3분쯤 달리니 보이기 시작했다.

"다 왔다! 이제, 여기서 보내면 돼!"

그때 우리는 한 가지 생각이 머리를 스쳤다.

"야… 저거, 어떻게 떨어뜨리지?"

역시 민희도 나와 같은 생각을 하고 있었네.

"내가 해볼게."

"미쳤어 백민혁?"

"저기 아래쪽에 매달리면 괜찮을 거야."

"아무리 그래도-."
"야, 나 못 믿냐?"
내가 민희의 말을 끊고 말했다. 그러자 민희가 어쩔 수 없다는 표정으로 말했다.
"못 믿어. 그래도 할 거지?"
나는 갔다 온다고 말하고 그대로 재해를 유인해 절벽으로 내려갔다. 재해는 자신이 달려가던 속도를 이기지 못하고 그대로 떨어졌다. 하지만 절벽이라고 해고 고작 10에서 20m 사이였다. 그 정도로는 죽지 않는다. 하지만 위쪽에서 내려오는 위협적인 사격, 그걸로 재해는 끝이 났다. 그리고 우리는 경찰에게 조사를 받고 무사히 끝났다.
"아, 정말 감사합니다."
아, 맞다. 저 사람을 잊고 있었네. 민희는 먼저 가서 인사를 하고 있었다. 그사이에 내가 그 사람에게 감사 인사를 했다.
"감사합니다. 덕분에 살았어요."
그런데 그 남자는 우리를 유심히 보더니 우리에게 한마디를 내뱉었다.
"야, 너희들 나한테 오지 않겠나?"
"네? 그게 무슨 소리세요?"
"말 그대로야. 너희 정도면 우리 팀에 들어와도 괜찮을 것 같군."
"그래, 솔직히 말해서 민혁이 너랑 단지의 작전은 매우 마음에 들었어. 그리고 소희와 민희도 적절하게 서포트를 잘해주었고. 그러니 나와 함께 가지 않을래?"

이 제안은 망설일 것도 없었다. 우리는 그 자리에서 수락하고, 며칠 후 우리는 PPS에 가기로 했다.

◆◆◆

나와 민희는 그 일이 있고 얼마 후 약속 장소로 나갔다. 이미 그곳에는 단지와 소희가 있었다.

"야! 왜 이렇게 늦게 나오냐?"

"네가 빨리 나온 거거든?"

우리는 계속 말싸움을 하며 PPS로 갔다.

"와, 진짜 미쳤다."

단지는 지기도 모르게 감탄을 했다.

'여기구나? 그 유명한 곳이.'

그렇게 우리는 거대한 문으로 들어갔다. 아니, 들어가려 했다.

"잠시 출입증을 보여주실 수 있으십니까?"

우리는 입구에서부터 막혔다.

"네? 그런 게 필요해요?"

"물론입니다. 빨리 보여주시죠."

우리는 너무나도 곤란했다. 이럴 줄 알았으면 김민재에게 좀 부탁할 걸 그랬다.

"그 아이들은 들어도 된다. 내가 책임지지."

"아! 네, 당장 통과시키도록 하겠습니다!"

우리 뒤에서 김민재가 한마디만 했을 뿐인데도 검문하는 남자는 엄청나게 긴장하며 문을 열었다.

"우와! 안쪽은 바깥에 보이는 것보다 더 크잖아?"

외부에서 보는 것과 내부에서 보는 것은 아주 큰 차이가 있다. 애초에 외부에서는 안쪽이 모두 보이지 않는다. 그리고 마지막으로 분위기부터가 천지 차이다. 우선 외부는 아무 소리도 안 들리는 황량한 사막 같은 느낌이라면 내부는 유명하고 사람 많은 거리 같은 느낌일 것이다.

"따라와."

김민재가 그렇게 말하고 10분이 지나 어느 곳에 도착했다.

"여기다. 들어가."

그리고 우리를 그곳에 가두고 불이 켜졌다.

"뭐야? 저기요!"

나는 벽을 두드리며 소리쳤다.

"뭐 하는 거야! 우리를 왜 가둬!"

구석진 곳에서 목소리가 들려왔다. 형상이 보이지 않는 것을 보면, 스피커를 통해 말하고 있는 것 같다.

"이건 시험이다. 너희가 이곳에 적합한지 알아야겠다."

"아니 우리는 시험도 통과했다고요!"

"그걸 내가 모를 것 같나? 애초에 너희 뒷조사는 모두 끝냈지. 그리고 흥미로운 것을 하나 찾았지."

"그게 뭐죠?"

"그건 알 것 없고, 이거 통과 못 하면 너희는 끝이다."

그리고는 바닥이 움직이더니 우리를 어디론가 이동시켰다. 그리곤 사방이 하얀 벽으로 막힌 방으로 들어왔다.

"여기는 우리 팀만이 올 수 있는 '화이트 룸'이다. 이곳에서 빠져나온다면 너희는 우리 팀에 들어올 자격이 생기는 거다. 그럼 열심히 해봐라. 나올 수 있을지는 모르겠지만 말이다."

◆◆◆

"저 아이는 되게 이성적이군요. 상황판단도 잘하고. 도움이 되겠어요. 하지만 다른 아이들은 지켜봐야 알 것 같군요."

어둠 속에서 김민재가 한 남자와 대화를 나눈다.

"저는 개인적으로 저 '백민혁'이라는 아이가 기대되는군요. '그'의 피를 가졌으니 말이죠."

"저 아이가 그의 핏줄일 줄은 상상도 하지 못했습니다. 하지만, 재능은 없을지도 모릅니다. 꼭 핏줄이라고 재능을 물려받는 게 아니니까요, 과연 이 테스트를 잘 끝낼지 말이죠."

◆◆◆

"그럼 우선, 여기서 빠져나갈 방법부터 생각해보자."

민희가 상황을 진정시키며 말했다. 그리고 단지가 벽으로 걸어가 벽을 더듬기 시작했다.

"뭐 하는 거야?"

"아니, 왜 있잖아? 영화 같은 데 보면 막 비밀 문이 숨겨져 있고 그러잖아. 혹시 몰라서 찾…으려고 하는데, 이게 뭐야?"

벽을 더듬던 단지의 앞에 문이 나왔다.

"뭐야 어떻게 한 거야?"

"아니, 벽에 가는 경계선이 있길래 눌러봤지. 그런데 이렇게 나타날 줄은 몰랐는데."

역시 단지의 눈썰미는 알아줘야 한다니까.

"좋아! 내가 찾았으니 너희가 먼저 들어가. 아, 민희랑 소희는 빼고."

"그냥 나라고 하지, 진짜."

"에이, 우리 중에 남자가 너밖에 없잖아? 우리같이 연약한 여자는 무서워요!"

"연약하기는 네가 우리 중에 제일 세거든?"

"뭐?"

말다툼이 끝나고 나는 조심스럽게 문 안으로 들어갔다.

"거기 뭐가 보여?"

"아니, 너무 어두워. 빛 한 점도 보이지 않아."

"저, 저기 내가 손전등이 있는데."

소희가 나에게 손전등을 내밀었다.

"이런 건 어디서 나오는 거야?"

"아니, 내가 어두운 걸 무서워해서 웬만한 물건을 다 가지고 다녀."

그렇게 손전등을 안에 비추니 미로가 나왔다.

"뭐야 이건."

"뭐긴 뭐야, 미로지."

"그걸 몰라서 묻는 거 같니?"

"아무튼, 나만 따라와. 이런 건 내 전문이지."

그렇게 단지가 당당하게 나서며 한 손으로 벽을 짚고 걷는다.

"지금 뭐 하는 거냐?"

"뭘 하긴, 오른손의 법칙을 믿는 거지."

"아니 그렇게 당당하게 나서서 하는 게, 고작 벽 짚고 가는 거라고?"

"야! 이게 얼마나 효과적인 전술인데. 너희가 몰라서 그래. 잘 봐."

그리곤 앞으로 당당하게 걸어갔다. 그리고 우리의 뒤에서 나타났다.

"애들아?"

하지만 우리는 단지를 눈치채지 못했기에 잔뜩 두려움에 쩔어있는 우리는 너무 놀라 흩어졌다. 우리는 동시에 달렸다. 무조건 달린다. 그 생각밖에 나지 않았다. 그 와중에 소희는 울면서도 우리의 속도를 잘 따라왔다. 다시 보니. 따라잡은 게 아니라 내가 끌고 가고 있던 거였다. 단지는 달리며 얼굴을 숙였다. 민희인 줄 알고 잡았나 보다. 그렇게 달리다 보니 민희와 단지랑 떨어져 버렸다.

"소희야 민희는? 민희는 못 봤어?"

"어, 그게, 나도 잘은 모르겠어."

이런 여기서 만나지 못하면 길을 잃고 돌기만 할지도 모른다.

"일단 우리끼리 출구를 찾아보자. 저쪽에는 단지가 있으니 어떻게든 하겠지."

그리고 우리는 걸었다. 무작정 걸었다. 그리고는 무언가 이상한 점을 발견했다.

"뭔가 이상해."

내가 먼저 말을 꺼냈다.

"뭐가?"

"이 건물 말이야. 이 정도로 넓었나? 겉에서 볼 때는 그렇게 넓지 않아 보였는데."

"그러게, 우리 되게 많이 걷지 않았어?"

"아니야, 뭔가 있어 우리가 느끼지 못하는 뭔가가 있어."

나는 옛날부터 감이 좋았다. 대부분이 안 좋은 거였지만.

"기다려 봐."

나는 앞으로 달려갔다. 그리고 다시 돌아왔다.

"뭐 느낀 건 없어?"

"음, 나는 잘 모르겠는데? 아, 살짝 바닥이 흔들린 것 같기도 하고."

"바닥이?"

"응, 네가 달리기 시작할 때 그때부터 흔들렸어."

그리고 소희가 짧은소리와 함께 눈치를 챘다.

"알 것 같아."

"정말?"

"이 방은 하나의 방이지만 계속 움직이고 있어. 우리가 가는 방향으로 말이야."

"그러면 어떻게 나가?"

"우리가 서로 반대쪽으로 달리면 끝에 가질 거야. 물론, 이건 내 추측이지만, 실험해볼 가치는 있지 않을까?"

"좋아 일단 해보자."

"꼭 나가기를 바랄게."

"너도."

그 말을 끝으로 우리는 달려갔다. 그리고 얼마 가지 않아 벽에 부딪혔다. 그리고 그곳에는 문이 있었다.

'됐다!'

그리고 문을 열려고 했지만 나는 한 가지 생각에 다다랐다.

'그럼 소희는 어떻게 되는 거지?'

출구는 한 개다. 만약, 소희가 나오지 못한다면 어떡하지?

'어쩔 수 없네.'

나는, 다시 왔던 길로 가기 시작했다. 그리고 소희를 만났다.

"소희야! 출구를 찾았어!"

"정말?"

"저기로 가면 출구가 있어."

"와! 드디어 나가는 거야?"

"저기로 쭉 달리면 나오더라."

"그런데 너는 어떻게 나가게? 너도 같이 나가자."

"나는 이미 생각해놓은 방법이 있어."

"그래? 그럼 나는 먼저 간다."

그리고 소희는 내가 알려준 방향으로 달려갔다.

'에잉, 다시 생각하니 아쉽네. 내년에도 시험을 치르길 기다리는 수밖에 없나.'

그 생각을 하고 있을 때 갑자기 주변이 밝아지더니 뒤에서 목소리가 들렸다.

“합격이다.”

눈이 부셔서 앞이 안 보였지만 점차 눈이 빛에 적응하니 얼추 실루엣이 보였나.

“너도 합격이야.”

나에게 말한 사람은 덩치가 큰 아저씨였다.

“이야, 역시 내 눈은 틀리지 않았다니까. 누구와는 다르게 말이야. 안 그래?”

“시끄러워. 아무튼, 너도 합격이다.”

“네? 제가요? 저는 나가지도 못했는데요?”

“아니 네가 들어올 자격은 충분하다.”

나는 너무나 기뻐서 눈물을 흘릴뻔했다. 그리고 우리는 자료 작성을 마치고 주변을 살펴보았다.

“우리 저쪽에 가서 놀자!”

“좋아!”

‘아니, 우리 놀러 온 거 아닌데.’라고 말하고 싶었지만 차마 분위기를 깰 수 없어 말을 꺼내지 않았다.

“꺄아아아아아!”

우리는 모두 함께 소리를 지르며 나왔다.

“야! 너는 뭐 이런 곳을 추천하고 있어!”

“나도 이럴 줄은 몰랐지!”

그렇게 우리는 아무것도 하지 못한 채, 집으로 돌아갔다. 그리고 집에 도착한 후 자려는데 핸드폰에서 알람이 울렸다.

'애들아! 우리 단톡방 만들었다! 여기서 놀자!'

'됐어, 피곤해.'

나는 한마디만 남기고 잠들었다.

◆◆◆

우리는 다음날 김민재의 부름을 받고 다시 모였다.

"이제 너희는 훈련에 집중할 거다. 뭐, 잘한다면 2명쯤은 곧 있을 의뢰에 따라오게 해주지. 따라와."

"진짜요? 대박!"

"내가 갈 거야! 너는 여기에 있어!"

"무슨 소리! 내가 갈 거란 말씀!"

우리는 자신이 갈 거라며 싸우다 김민재의 시선을 받고 조용해졌다. 그리고 우리는 어제 왔던 그 건물에 도착했다. 그리고 엘리베이터를 타고 32층에 도달했다. 그곳에는 캡슐이 있었다.

"자, 여기는 가상 현실 훈련장이다. 캡슐 하나당 한 명씩이다. 제일 많은 단계를 깬 두 놈은 데려가 준다고 말했지? 가고 싶으면 잘해야 한다. 참고로 이 캡슐은 통각도 느껴지니, 못할 것 같으면 오른손의 팔찌를 누르면 나올 수 있다. 시간 없으니 빨리 들어가."

"네!"

모두 동시에 캡슐에 접속했다. 그리고 한 단계씩 깨기 시작했다. 그리고 그곳에서는 여러 무기의 사용법과 상황 대처법을 배웠다. 그리고 1시간 뒤.

"아 진짜, 더 많이 깰 수 있었는데!"

"어차피 못 깨잖아? 남자가 20단계에서 떨어질 줄이야."

"야!"

"그만!"

나는 단지와 싸우려 하다 김민재의 호통을 듣고 멈췄다.

"뭐, 이 정도면 신입치곤 잘한 거야. 대부분은 10단계를 넘지 못하거든. 그러니 이번엔 모두 데려가 주마."

그렇게 3일 후 우리는 PPS의 입구에서 만났다.

"그래, 다 왔냐?"

"아뇨. 아직 단지와 소희가-."

"도착했습니다!"

저 멀리서 소희와 함께 뛰어오는 단지가 보였다.

"이제 다 왔으니 출발한다."

김민재가 어딘가로 이동하더니 멀리서 차를 하나 가져왔다.

"이, 이게 뭐예요?"

"뭐기는 장갑차지."

"네?"

김민재가 가져온 차는 장갑차였다.

"아니, 쉬운 의뢰라고 하셨잖아요?"

"그런 적 없다."

"그건 둘째치고 장갑차 맞아요? 왜 이리 작죠?"

"그거, 개조한 거야 원래 거보다 훨씬 비싸, 흠집 나면 책임 안 진다."

"헉!"

우리는 모두 동시에 손을 뗐다.

"뭐해, 빨리 타."

우리가 멍 때리는 사이에 김민재는 벌써 차에 들어가 있다. 이런 생활이 계속되면 익숙한가 보네.

"근데, 저희 어디에 가는 거예요? 장갑차까지 끌고?"

"너희, 구역은 알지?"

"네? 그게 뭐예요?"

김민재는 우리를 보더니, 한숨을 쉬곤 말을 이었다.

"생각보다 가르칠 게 많겠군. 일단 기본적으로 구역이 나뉜다. 안전, 경계, 위험, 그리고 접근 금지구역까지, 그중에도 나뉘는데, 그건 알 필요 없고. 우선 '안전 구역'은 PPS를 말한다. 재해가 오지 않는 곳이지. 그다음은 '경계구역', 대충 한 달에 한 번씩 재해가 온다고 생각하면 된다. 그리고 '위험구역' 일주일마다 재해가 온다. 마지막으로 '접근 금지구역' 그쪽은 들어가면 죽는 거나 다름없다."

"그럼 저희는 어디로 가나요?"

"우리는 '경계구역' 중에 제일 안전한 곳으로 간다. 아무래도 너희가 있기 때문이지."

그렇게 대화를 주고받는 사이 도착했다. 그리고 그곳에는 어떤 남자가 서 있었다. 옆쪽에서 순한 인상을 가진 남자가 다가왔다.

"김민재! 왔어? 걔들이 그 이번에 들어온 애들?"

"그래 한 명씩 맡아서 데리고 가."

"좋아! 나는 얘로 할래, 얘가 제일 듬직해 보여."

그 순해 보이는 남자는 내 손목을 잡으며 말했다. 그리고 저 멀리서 또 다른 차량을 끌고 오는 사람이 보였다.

"뭐야? 너 벌써 왔어? 아 진짜, 신입 군기 잡으려고 우리도 꽤 빨리 왔는데."

"시끄러. 빨리 한 명씩 골라."

그렇게 우리는 한 명씩 맡아졌다. 민희는 테스트 날 봤던 근육질의 아저씨 김도현에게, 단지는 금발에 안경을 쓴 키가 큰 남자에게, 소희는 김민재에게 맡겨졌다. 그리고 한 명씩 출발하기 시작했다.

"안녕? 나는 김민수라고 해. 잘 부탁한다? 너는 이름이 뭐야?"

김민수는 친화력 좋게 나에게 말을 걸었다.

"아, 저는 백민혁이라고 합니다."

"아! 네가 그 애구나?"

"네?"

그는 내 이름을 듣고 놀랍다는 듯이 말했다.

"응? 뭐야, 너 김민혁이 말 안 해줬어?"

"그게 무슨 소리예요?"

"'백민천'이잖아! 너희 아버지 이름!"

"맞긴 한데, 그게 왜요?"

내 말을 들으니 한숨을 쉬며 말했다.

"잘 들어 너희 아버지는 전설적인 분이셨지, 그분은 실패를 몰랐어. 항상 어려운 의뢰도 성공하시고 모두에게 사랑받는 전설적인 존재셨지, 칼 한 자루로 모든 것을 하시던 분이셨지. 때문에 재해와 싸우는 사람 중에서는 백민천님을 모르는 사람이 없었어. 그런데 말이야. 어느 날 갑자기 하나의 의뢰를 받고는 사라지신 거야. 그 의뢰는 바로 접근 금지구역으로 들어가서 샘플을 채취하고 돌아오는 것이었지. 너도 알지? 접근 금지구역은 사실상 사형장이라는 거. 그런데도 그분은 새로운 모험을 하시겠다. 그래서 혼자 떠나신 거야. 그대로 자신이 쓰시던 칼을 한 자루 내버려 두고 사라지신 지가 벌써 10년이 지났어. 뭐, 그랬다는 얘기야. 자 이제 도착했으니 내릴까?"

나는 묻고 싶은 게 많아도 아무 말도 하지 못했다. 왜 그런지는 나도 잘 모르겠다. 그냥 말이 나오지 않았다.

"자 준비는 모두 마쳤겠지. 이제부터 시작이다."

그렇게 작전이 시작되었다. 나와 단지는 앞에서, 민희는 뒤에서 소희는 중간에서 우리를 보조했다. 그리고 그 시간은 우리를 도와주지 않았다. 곧바로 재해가 튀어나왔다. 그와 동시에 김민재가 우리에게 명령을 내렸다.

"백민혁! 너는 오른쪽으로 돌아가! 이단지! 너는 왼쪽으로 돌아서 공격해!"

"알겠습니다!"

옆에서 공격한 뒤 시선을 분산시켜 선배들이 한 방을 꽂아 넣는 작전으로 갔다. 효과는 만점이었다. 재해가 얼마 못 가 쓰러졌다. 하지만 역시 등급은 낮아도 경계등급은 경계등급인 이유가 있는 것 같다. 그리고 날이 저물어 여기서 야외 취침을 하자고 했다. 그리고 불침번을 정했다. 여자팀과 남자팀으로 나눠서 서기로 했다. 남자가 먼저 서기로 했다. 그리고 하늘을 보던 김민수가 나에게 말을 걸었다.

"저거 봐봐, 예쁘지 않아?"

"네? 뭐가요?"

나는 김민수가 가리킨 곳을 보았다. 그곳에는 이루어 말할 수 없을 정도로 예쁜 은하수가 펼쳐져 있었다.

"어때? 이쁘지? 이 경치는 돔 안에서는 절대 볼 수 없지."

"그러게요. 되게 예쁘네요."

"그리고 지금도 저렇게 아름다운 시간이었으면 좋겠건만."

"네?"

김민수는 서둘러 움직였다.

"재해가 오고 있어. 아주 높은 등급의."

"네? 그럼 어서 가야 하는 거 아니에요?"

"그래서 가고 있잖아."

그렇게 5분 후 우리는 텐트에 도착했다.

"선배!"

"그래, 우리도 벌써 눈치챘어. 이제 방심하지 마. 지금은 어두워서 어디서 튀어나올지 몰라 각자 주위를 잘 살피도록 해."

""네!""

고요했다. 너무 조용해서 오히려 불안했다. 그대로 아무 일도 없었으면 좋겠다. 하지만 재해는 우리의 위에서 튀어나왔다.

"젠장, 저건 6급 재해 '발리르'잖아? 하필 성가신 놈이 걸렸네."

"플랜 C로 간다!"

""네!""

용기 있게 외쳤지만, 솔직히 무서웠다.

'아무리 그래도 저런 크기는 본 적이 없다고!'

재해는 우리에게 달려들었다. 아니, 정확히는 소희에게.

"꺄아아악!"

그리고 소희를 구하러 김민재가 뛰어들었다.

"이 바보가! 그럴 거면 빠져있어!"

그리곤, 공격을 시작했다. 머리, 옆구리, 다리, 등 순서대로 한 군데씩 쏘며 재해를 차근차근 정리해 나갔다. 하지만 아무래도 재해의 급이 높다 보니 쓰러지지는 않았다.

"백민혁! 내가 시선을 끌 테니, 발리르의 목을 맞혀라!"

"네!"

일단 지르고는 봤지만 역시나 너무 긴장된다.

'저번 훈련처럼 호흡을 가다듬고-.'

저번 캡슐훈련처럼 조준한 뒤 방아쇠를 당겼다, 아니 당기려 했다. 하지만 내 몸이 따라주지 않았다.

'안 돼, 못하겠어.'

"백민혁! 정신 차려!"

김민수가 나에게 소리쳤다.

"그러다 민재가 죽으면 네가 책임질 거야?"

나는 그 말에 다시 한번 호흡을 가다듬었다.

재해가 내 총구 앞을 지나가는 순간. 탕. 방아쇠가 당겨졌다. 그리고 발리르는 부들거리며 쓰러졌다.

"됐다."

나는 크게 한숨을 쉰 후 그대로 주저앉아 버렸다.

"잘했다."

"아, 감사합니다."

김민재가 내 머리를 쓰다듬고 갔다. 그리고 곧이어 김민수가 다가왔다.

"우와, 재가 남을 칭찬하는 건 처음 보는데."

우리는 그대로 의뢰를 마쳤다. 탐사도 할 만큼 했고 더군다나 다치는 사람이 있으면 안 되니까. 하지만 우리는 다음날에 곧바로 호출을 받았다. 그것은 김민재가 아닌, 바로 김민수의 호출이었다.

"저희 늦은 건 아니죠?"

우리는 다 같이 숨을 몰아쉬며 달려왔다.

"아니야, 안 늦었어. 우선 가볼까?"

김민수와 함께 우리는 본청에 도착했다.

"자, 이제 너희는 너희들끼리 의뢰를 하나 맡게 될 거야."

우리는 잘못 들었나 싶어 다시 한번 물었다.

"네? 저희끼리만 가라고요?"

"그래, 대신에 너희만 가기에는 어려운 건 좀 그러니까 쉬운 걸로 해 놨어, 그럼 파이팅!"

"저기 잠깐!"

말할 새도 없이 김민수는 도망쳐 버렸다.

"너희구나? 그 팀에 들어간 애들이?"

뒤에서 여자의 목소리가 들렸다.

"요즘에는 갑자기 재해가 많아져서 고등학생도 의뢰에 투입한다던 말이 사실이었네? 아무튼 잘 부탁해."

그렇게 우리는 의뢰에 대한 설명을 듣고 다시 내려왔다. 그러자 민희가 투덜거리며 말했다.

"'경계구역 재해토벌'? 벌써 우리끼리 이런 걸 한다고?"

"쉬운 거라고 하셨잖아. 혹시 무섭냐?"

단지가 나를 놀리며 나에게 말했다.

"아니! 무슨 소리! 네가 지금 다리가 덜덜 떨리는 것 같은데?"

그렇게 우리는 또다시 한바탕하고 의뢰 장소로 갔다.

"여긴 왜 이렇게 어두워?"

우리가 도착한 곳은 재해가 생기며 기후가 변화한 곳이었다.

"안녕하세요, 언니 오빠들!"

우리의 앞에 있는 집에서 작은 꼬마가 나왔다.

"안녕 네가 혹시 우리한테 이걸 보냈니?"

민희는 능숙하게 받아주며 의뢰 내용을 보여주었다.

"네! 맞아요. 요즘에 집 뒤편에서 밤마다 이상한 소리가 나요. 사람 목소리도 가끔씩 들리고 뱀 소리도 들려요."

"그래 알았어. 우리가 빨리 해결해 줄게?"

"네!"

아이는 대답을 하고 집으로 돌아갔다. 그리고 내가 먼저 입을 뗐다.

"우선 집 뒤쪽으로 가볼까?"

하지만 뒤에서는 한참 동안 아무것도 발견하지 못했다. 그렇게 다시 돌아가려는 찰나에 집안에서 큰 소리가 났다.

"꺄악! 아빠!"

우리는 급하게 집 안으로 달려갔다.

"무슨 일이야!"

그곳에는 바닥에 난 커다란 구멍과 그 앞에서 울고 있는 꼬마를 발견했다.

"커다란 뱀이 아빠를 으아앙!"

그 말 때문에 대충 상황 짐작이 갔다.

"커다란 뱀이라면 설마 '시트'라고?"

민희가 내뱉은 한 마디에 우리의 얼굴은 창백해졌다.

"'시트'라면 분명 습지에만 산다는 개가 왜?"

시트의 특성은 습지에서 물밑을 기어 다니다 튀어나와 독을 뿌린다는 특성이 있다.

"하지만 '시트'라면 습지에 살잖아? 여기에 있는 건 말이 안 돼!"

"-하수도."

"뭐?"

"하수도에서 나온 거야! 이 집 밑에 하수도가 있는 거라고. 하수도는 습지와 비슷하게 습도가 높고 물도 있고 그러니까. 집 뒤에서 들리는 소리는 하수도에서 올라오는 소리 때문인 거야."

소희가 말을 할수록 우리는 초조해졌다. 하지만 그래도 풀리지 않는 의문 하나가 있었다. 그걸 꺼낸 것은 단지였다.

"그러면 사람의 목소리는 뭐야? 시트와 사람이 함께 살 리가 없잖아?"

"아니. 가능해."

민희였다.

"만약 '시트'가 끝이 아니라 '퀴스트'가 함께있다면 가능성이 있어."

퀴스트, 그것은 시트 위에 군림하는 여왕이다. 한 무리의 개미로 치면 여왕개미 같은 존재다.

"퀴스트라면 그 4급 재해 말하는 거야? 그러면 우리로는 상대가 안 돼! 어서 지원 요청을 해야 해!"

"그러면 늦어 이 꼬마의 아빠를 구하려면 지금 들어가도 늦다고! 우선 지원을 요청하고 우리가 먼저 들어가자 그럼 돼."

"미쳤어? 저길 우리끼리 들어가자고?"

"어쩔 수 없잖아. 나는 먼저 들어갈 거야 너희는 너희 마음대로 해."

나는 나 혼자 구멍에 들어가려 했다.

"나도 같이 가."

뒤에서 단지가 말했다.

"하나보단 둘이 낫잖아?"

"그럼 나도-."

소희도 우리와 함께 들어왔다.

"에이, 씨. 나도 몰라!"

민희도 결국 우리와 함께 들어왔다.

◆◆◆

하수도는 미로 같은 곳이었다. 그래서 우리는 표시를 하며 조금씩 앞으로 갔다. 그러다 보니 소리의 근원이 있는 곳으로 조금씩 다가갔다.

"여기서 소리가 계속 들리는 것 같지?"

"그래 이 앞이 놈들의 본진일 거야."

"좋아 그럼 바로-."

단지가 나서려 할 때, 앞에서 비명 소리가 들렸다. 그리고 우리는 빠르게 달려갔다. 그곳엔 한 남자를 소화하고 있는 퀴스트가 보였다. 그리고 퀴스트는 우리의 존재를 곧바로 눈치챘다.

"네놈들은 누구냐! 감히 내 집에 들어와?"

목소리를 듣는 것만으로 몸이 터져나갈 것 같은 위압감이 다가왔다. 마치 격이 다른 존재가 앞에 있는 것 같았다. 그리고 우리 중에 가장 먼저 움직인 사람은 민희였다.

"시끄러워!"

민희는 허리에 차고 있던 총을 꺼내 쏘았다. 하지만 총알은 스쳐 지나갔다.

"아 자식들이!"

퀴스트는 순식간에 우리 앞으로 다가와 입맛을 다셨다.

"호오, 이건 오랜만에 보는 최상품이잖아? 너희는 내가 직접 아끼며 먹어주지."

"개소리하지 마!"

그다음으로 내가 움직였다. 다행히 올 때 총을 미리 뽑아놔서 다행이다. 그리고 조준한 뒤 방아쇠를 당겼다. 정확히 들어갔다. 하지만 얼마 지나지 않아 상처는 다시 회복됐다.

"기껏 아껴서 먹으려 했더니-."

곧바로 꼬리가 나에게 날아왔다. 나는 꼬리를 맞고 벽으로 날아갔다. 그리고 뼈가 부러지는 소리와 함께 다음 총성이 울렸다. 단지였다.

"죽어!"

단지가 연발로 계속 총을 쏘았다. 하지만 맞는 족족 회복해 버리니 총알만 날린 셈이었다. 그런데 예상하지 못한 일이 일어났다. 소희가 총을 쏘고 퀴스트의 머리에 맞은 상처가 회복이 느렸다.

"퀴스트는 뇌세포를 제외한 다른 세포들이 대부분 몸으로 가 있어서 머리는 재생이 느려!"

그 소심했던 소희가 맞나 싶은 행동이었다. 하지만 소희는 다리를 심하게 떨고 있었다.

"이 녀석이!"

아까처럼 꼬리를 소희에게 휘두르려 했다. 하지만 꼬리는 민희에 총에 의해 멈췄다.

"여기다 이 괴물아!"

민희가 통로로 달려가기 시작했다. 아마도 우리에게 시간을 주기 위해서 유인을 하는 거겠지. 하지만 나는 갈비뼈와 다리가 완전히 나갔다. 움직일 수 있는 건 팔 하나 정도이려나.

"야 너 괜찮아?"

"어떻게! 다리가!"

소희가 놀라며 말했다. 그리고 내 다리를 보니 다리가 반대쪽으로 완전히 비틀려 있었다.

"됐어, 아직은 괜찮아. 그런데 민희는? 민희는 어떡하지?"

"민희는 돌아서 이쪽으로 온댔어. 머리에 한 대만 제대로 맞추면 된다고 하더라."

"그러면 준비해야지, 생각은 있어?"

◆◆◆

민희가 한 바퀴를 돌고 나니 민희는 완전 녹초가 되었다.

"그러게 빨리 잡혔으면 좋았잖아."

그 순간 뒤에서 총성이 들려왔다. 하지만 총알은 약점의 옆을 맞췄다. 그리고 그 괴물의 꼬리가 휘둘러졌다. 그리고 날아가는 사람 하나.

"단지야!"

민희는 소리쳤다. 하지만 아무 반응이 없는 단지를 본 우리는 일순간 정적이 흘렀다. 그리고 그 정적을 깬 건 소희였다. 소희는 그대로 단지에게 달려갔다. 그리고 단지를 흔들어 깨웠다.

"다행이다. 아직 미약하게나마 심장이 뛰어."

소희는 안도하며 단지를 끌고 나가려 했다.

"어딜 도망가!"

퀴스트는 곧바로 소희에게 달려들었다. 하지만 곧바로 총소리가 난 뒤 퀴스트는 멈췄다.

"어떻게 네가 움직이지?"

퀴스트는 가까스로 벽을 짚고 서 있는 나를 보며 말했다.

"네 알 바는 아니잖아?"

"제기랄! 내가 이런 하찮은 놈들에게 지다니. '그분'께서 반드시 너희에게 천벌을-."

퀴스트는 그 말을 끝으로 쓰러졌다. 하지만 아직 사건은 끝나지 않았다.

"흐음? 이게 무슨 일이지?"

우리는 그 한마디에 움직일 수 없었다. 오싹한 느낌 그는 우리를 살기만으로 제압하고 있었다.

"내가 아끼던 장난감이었는데 이것조차 처리를 못 해? 꽤나 실망이구나. 그래도 너희는 나를 만나다니, 운도 없구나. 지금까지 반가웠다. 그럼-."

그리고 그의 손에서 여러 개의 입을 가진 물체가 튀어나왔다.

"먹어 치워."

그리고 그 입들은 우리를 덮쳤다. 아니 덮치려 했다.

"저쪽에서 소리가 들렸다! 저기부터 조사해!"

'지원이 왔구나.'

그 소리에 그 남자는 곤란하다는 듯이 나에게 한마디를 던졌다.

"이런, 그의 아들을 해치울 좋은 기회였는데 조금 더 빨리 올 걸 그랬나? 아무튼 다음에 다시 만나지."

그리고 그는 눈 깜짝할 사이에 사라졌다. 그가 사라짐과 동시에 쓰러졌다. 하지만 의식은 잃지 않고 버티고 있었다.

"여기예요! 도와주세요!"

소희가 목이 터져라 소리를 질렀다. 그리고 이쪽으로 달려오는 사람들, 그 선두에는 김민재가 있었다. 하지만 나는 의식을 잡아두지 못했다.

◆◆◆

시끄러운 소리에 눈을 떴다. 눈이 부셔서 찡그렸지만 얼마 지나지 않아 시야가 돌아왔다.

그리고 그곳에는 익숙해 보이는 천장과 갑자기 들어오는 내 위로 올라오는 얼굴들이 보였다.

"일어났냐?"

"이제 괜찮은 거야?"

"사람 걱정이나 시키고 말이야!"

단지, 소희, 민희가 차례대로 말했다.

"환자분 안정을 위해 모두 나가주십시오."

친구들의 뒤쪽에서 폭발할 것 같은 의사가 말을 걸어왔다.

"당신들이 계속 떠드셔서 항의가 이만저만이 아닙니다. 그러니 이만 나가주시지요."

그렇게 친구들은 쫓겨났다.

"그럼 이야기 나누십시오."

의사는 우리에게 그 말을 남기고 다시 나갔다.

"네 친구를 나가게 한 건 너에게 그 사건에 물어볼 것이 많기 때문이지."

"네? 그 의뢰라면 친구들이 말 안 했던가요?"

나는 모르겠다는 얼굴로 김민재에게 되물었다.

"네 친구는 그 밑에서 있었던 일을 기억하지 못하더군, 아니. 정확히 말하자면 한 부분만."

나는 대충 그 부분이 어느 부분인지 눈치를 챘다.

"퀴스트를 잡은 후- 말인가요?"

"맞아, 모두 누가 기억을 자르기라도 한 듯 깔끔하게 지워져 있었지. 최면으로 살펴봤는데도 아무것도 나오지 않더군. 그래서 우리는 혹시 모르는 가능성을 대비해 네가 일어나기만을 기다리고 있었다."

나는 그때의 기억을 떠올리곤 그때의 감각에 몸이 떨려왔다.

"천천히 생각해. 급하게 떠올리지 않아도 괜찮다."

"아니에요, 괜찮아요."

나는 심호흡을 한 후 입을 열었다. 그리고 내 입에서 나오는 이야기를 들을 때마다 김민재의 얼굴이 심각해져 갔다.

"그러니까, 지금 그 재해들 위에 그 괴물들을 거느리는 사람이 있다고?"

"네, 솔직히 말하자면 사람이라고는 할 수 없을 것 같아요."

그는 사람이라기엔 너무나 빠르고 엄청난 위압감을 가지고 있었다.

"좋아, 알겠다. 우선, 이번 일은 너희가 감당하기에는 너무 위험한 것 같다. 일단은 아무에게도 말하지 마. 물론 네 친구에게도."

그리고 나는 퇴원했다. 퇴원하니 친구들이 면회하러 가지도 못하게 했다며 불만을 표했다. 하지만 이대로 쉴 수는 없으니 의뢰를 하나 더 받기로 했다.

◆◆◆

"어머? 그 아이는 처리하지 못했나 봐? 설마 그의 후손을 만날 줄

이야. 편학도 이젠 다 갔네?"

편학의 뒤에서 비꼬는 소리를 하며 여자가 나타났다.

"닥쳐, 뒤는 내가 알아서 한다."

그는 그녀를 향해 무지막지한 살기를 내뿜었다.

"네~ 알겠습니다. 그나저나 내가 한번 건드려 봐도 되려나? 솔직히 개인적으로 드물게도 흥미가 있어서 말이야."

편학는 그녀가 한번 잡은 목표는 놓치지 않는 것을 알고 있었다.

"적당한 놈으로 보내라."

"좋아! 그럼 나는 그 아이에게 보낼 아들을 찾아야겠어."

그 여자는 어둠 속을 걸어가며 중얼거렸다.

"이브."

그 이름을 부르니 옆에서 한 사람의 형상이 나타났다.

"부르셨습니까."

"내 아들아 네가 처리해 줘야 할 아이가 생겼다."

그녀는 이브에게 하나의 사진을 내밀었다.

"그 아이를 처리해."

"명령을 받듭니다."

이브는 곧바로 사라졌다. 그리고 그녀 또한 어둠 속으로 사라졌다.

◆◆◆

우리가 맡은 의뢰는 '위험구역'이었다. '퇴원한 지 얼마 안 된 사람을 두고 이런 의뢰를 시키다니 미친 거 아니야?'라고 생각했지만,

그는 "너희가 처리한 그 괴물은 그중에도 상위 등급이었다. 너희 실력이면 충분해."라며 이번에도 우리끼리만 보냈다.

"자! 가볼까?"

단지는 이 상황에서도 즐거움을 주체하지 못했다. 곧 넘어질 것 같네, 넘어진다. 넘어진다. 하지만 안타깝게도 지나가던 누군가가 그것을 눈치채고 단지를 잡았다.

"아. 감사합니다."

그는 말없이 돌아서서 자신이 갈 길을 갔다. 단지는 돌아가는 뒷모습을 보며 투덜거렸다.

"뭐야 사람이 고맙다고 하는데."

"고마운 줄 알아야지."

그렇게 나는 다시 한번 단지와 다퉜다. 그리고 어느새 우리는 의뢰 장소에 도착했다. 역시 위험구역은 경계구역과 달랐다. 한눈에 봐도 생명체는 존재하지 않을 것 같은 배경 죽어있는 풀과 나무들 우리는 긴장감에서 손을 떼지 못했다. 그리고 우리는 의뢰 수행을 위해 더욱 깊숙이 들어갔다. 하지만 뭔가 이상하다고 느낀 것은 모두가 한순간에 알아챘다.

'왜 재해가 없지?'

너무나 이상했다. 솔직히 말해서 가는 길에 한 번 정도는 싸우고 갈 줄 알았는데 한 마리도 보이지 않아서 불안해진 거다. 재해는 있어도 불안하고 없어도 불안하니까. 그리고 우리의 앞에서 한 남자가 나타났다. 그는 그때의 그처럼은 아니지만, 그와 비슷할 정도의 위압감으로 우리를 짓눌렀다.

"오는 길에 있는 재해는 제가 다 치웠습니다. 당신들은 이곳을 빠져나가시면 안 되거든요."

그는 한 손에 들고 있는 단검을 돌리며 말했다.

"저는 싸울 생각이 없습니다. 다만 저기 계신 분을 넘겨주시기만 하면 됩니다. 간단하죠? 솔직히 말해서 그쪽에 선택권은 없습니다. 그쪽이 안 오면 제가 갈 겁니다."

그는 우리를 똑바로 노려보며 말했다.

"웃기지 마! 네가 뭔데 이 녀석을 데려간다 마다야!"

곧바로 민희가 총을 쏘았지만, 그는 가볍게 막아냈다.

"어쩔 수 없군요. 제가 그쪽으로 가겠습니다."

그는 우리에게 달려왔다. 하지만 우리는 그가 너무 빨라 우리가 인식하게 전에 우리에게 다가왔다. 그리고 단검을 휘둘렀다. 민희는 겨우 그 공격을 총으로 막았다. 그러자 이브는 흥미롭다는 듯이 우리를 쳐다보았다.

"이걸 막으실 줄은 예상하지 못했는데요. 아무래도 진심을 보여야 할 것 같네요."

그 순간 우리의 주위는 얼어붙었다. 그리고 그는 우리를 향해서 한 발자국을 내밀었다. 그리고는 한순간에 사라졌다. 우리는 반응도 하지 못한 채 공격당했다. 하지만 직감적으로 알 수 있었다. 그는 나를 노리고 있다는 사실을 그리고 그 사실을 인지하고 나니 그의 공격이 보였다. 공격이 날아오는 곳은 바로 앞쪽이었다. 그 공격을 막으니 날카로운 소리와 함께 총이 부서졌다.

'세상에 얼마나 세게 때리면 총이 부서져?'

하지만 나는 그 생각을 멈추고 전투에 집중했다. 그는 여기저기를 돌아다니며 우리를 기습했다. 그때마다 피하거나 막기는 했지만, 그 결과 총이 3개나 부러졌다. 보통 의뢰를 나가면 총을 한 사람당 3개씩 들고 다닌다. 그러면 우리에게 남은 총은 9개였다. 하지만 나머지도 부러질 것 같았다. 그러다가 순간 그가 한 말이 생각났다.

'당신들은 이곳을 빠져나가시면 안 되거든요.'

그거다 나는 순간 모든 사고를 작전에 집중했다. 다행히도 다음 타깃은 내가 아니라서 조금 더 여유롭게 짤 수 있었다. 그리고 작전을 끝마쳤다. 나는 외쳤다.

"뛰어!"

그러자 주위에 있던 단지는 당황했고 그 나머지도 당황했다. 하지만 그 이유를 물을 시간도 없이 같이 뛰기 시작했다.

"야! 너 갑자기 왜 그래!"

민희가 달리는 나에게 소리쳤다.

"저 녀석은 우리가 이곳을 빠져나가면 안 된다고 했어 여기서 본부까지는 오래 걸리겠지만 제어탑까지는 1km만 가면 돼."

제어탑, 그것은 혹시 모를 사람들의 안전을 대비해 상시 출동 준비를 하는 사람들이 있다. 그렇게 신호탄을 쏘면 적어도 5분 안에는 올 것이라고 확신했다. 물론 나는 다른 계획이 있다. 하지만 그 계획을 알면 제재할 것이 뻔했다.

"그렇게 도망가도 소용없습니다. 설마 그들이 올 때까지 당신이 살아있을 거라 믿는 겁니까?"

"당연한 거 아니야? 나는 여기서 너 같은 놈한테 죽을 일은 없거든!"

그렇게 도망가면서 공격을 막기 시작한 지 3분이 지날 때였다. 이브는 더욱 빠르게 공격을 감행했다. 절대 어머니께서 내려주신 명령을 실패할 수 없었다. 실패한 자들은 모두 처리됐으니까. 덕분에 이브는 점점 초조해져 갔다. 어느새 우리의 앞쪽에는 언뜻 장갑차들이 보였다. 그것을 보자 이브는 무모하게 공격을 가했다. 순간 최고 속도로 공격을 했다. 그 결과 단검은 나의 배를 뚫었다.

"잡았다."

순간 이브는 흠칫하며 단검을 빼려 했지만 나는 그의 손목을 놓치지 않았다.

"야!"

민희가 나를 향해 소리쳤다. 하지만 시간이 없다. 내가 진짜 위험해질지도 모른다.

"빨리 쏴!"

나의 외침에 셋은 망설이면서도 이브에게 총을 겨누었다. 그리고 불꽃이 튀었다. 엄청난 소리가 연속으로 들렸다. 그렇게 20발 정도를 쐈을 때 이브의 움직임이 멎었다. 그리고 곧이어 아픔이 몰려왔다.

"아아아아악-!"

나는 아픔에 소리를 지르며 정신을 바로잡으려 했지만, 눈앞이 흐려지며 눈을 감았다.

◆◆◆

나는 익숙한 감촉에 눈을 떴다. 그리고 익숙한 천장과 익숙한 감촉의 이불이 만져졌다. 나는 그때부터 쓰러진 후 벌써 한 달이 지났다고 한다.

"한 달이요?"

"그래, 너는 모르겠지만 꽤 오랜 시간 동안 깨어나지 못하고 있었다."

김민재는 나에게 사과를 했다.

"미안하다. 내가 너희를 그곳에 보내지 않았더라면 너는 다시 이렇게 되지 않았을 텐데, 내가 조금만 더 신경을 썼으면 네가 이렇게 될 일은 없었을 텐데, 미안하다."

김민재는 고개를 숙이며 사과를 했다.

"아뇨 괜찮아요. 어차피 제가 어디를 가든 그 녀석은 저를 따라왔을 거예요."

"그게 무슨 소리지?"

나는 처음부터 끝까지 김민재에게 설명했다. 이브가 '어머니'라는 자의 명령으로 나를 죽이러 왔다던가 그 외 등등을 말이다. 내 이야기를 들은 김민재는 어째서인지 심각한 얼굴을 하고 있었다. 그러더니 한숨을 크게 내쉬고 입을 열었다.

"너는 이 정보를 알아야 할 것 같구나. 솔직히 말하마. 그 어머니라는 자의 거처를 알아낼 수 있을 것 같다. 최근에 한 접근 금지구역이 넓어지고 있다는 소식을 들었다. 이 정보는 극소수에게만 제공되고 있다. 그런데 너는 이 사실을 알아야 하겠지, 너는 그들에게 쫓기고 있으니 말이다."

그리고 그는 한마디의 말을 더 꺼냈다.

"그리고 곧 있으면 그 접근 금지구역으로 들어갈 몇 팀을 선발하고 있다. 너희는 그중에 한 팀으로 들어갈 거고 그러면 너희의 목숨이 위험해질지도 모른다. 그래도 괜찮다면 이대로 너희 팀을 넣어도 되겠나?"

"그건 제가 결정할 게 아니라 친구들에게도 물어봐야 할 것 같은데요."

나는 조금 불편하다는 듯이 말했다.

"너만 동의를 하면 된다. 나머지는 네 결정에 따르기로 그리고 선물이다."

그는 나에게 칼 한 자루를 선물했다.

"네 아버지께서 쓰시던 칼이다. 이젠 네게 주어야겠지."

나는 예전에 아버지가 칼을 썼다는 소리를 김민수에게 들은 적이 있었다.

우리는 작전을 시작하기 몇 주 전, 우리는 각자의 부모님과 시간을 보냈다.

"엄마, 나 왔어."

나는 엄마가 있는 납골당에 찾아왔다.

"마지막일지도 몰라서 한번 만나러 왔어."

그리고 나는 지금까지 있었던 일들을 모두 이야기했다. 어딘가에서 듣고 있을지도 모르는 엄마에게 그리고 나는 뜨거운 것 같은 가슴을 잡고 한참을 울었다. 마치 엄마의 따뜻한 손길이 내게 닿은 것 같았다. 한 달 후 아침이 밝았다.

◆◆◆

그리고 모든 팀이 움직였다. 천천히 하지만 보다 빠르게 그렇게 모든 팀이 구역의 중앙에 가까워지고 있었다. 그리고 거의 도착했을 때쯤 어둠이 몰려왔다. 날씨가 흐려지고 주위는 귀가 찢어질 듯한 소리로 가득해졌다.

"도착했구나."

앞에는 이브가 말했던 어머니가 서 계셨다. 그리고 그 주위에는 딱 봐도 만만치 않아 보이는 재해들이 가득했다. 적어도 작은 도시 하나 정도는 가볍게 파괴할 수 있을 만한 수였다. 아마 저것도 전부가 아니겠지.

"네가 그 '어머니'인가?"

김민재가 입을 열었다.

그러자 그녀는 고개를 옆으로 기울이며 말했다.

"흐음? 내 이름은 어머니가 아닌데? 내 이름이 그렇게 알려져 있구나? 하지만 아쉽게도 내 이름은 어머니가 아니라 '메리'야 앞으로는 메리라고 불러줘."

"네 요구 따윈 안 들어 줄 거다."

"아쉽네, 그 이름으로 남이 불러준 지는 오래돼서 그 기분을 다시 느껴볼까 했는데 쓸데없이 화나게 하네?"

그녀는 싸늘한 시선으로 우리를 둘러보았다.

"그래도 꼴에 작정했다고 100명 정도를 끌고 온 거야? 그래도 그렇게 수가 적으면 죽이는 맛이 없잖아!"

그녀가 손을 휘두르니 주변의 땅이 갈라지며 순식간에 그곳에 있던 3개의 팀이 전멸했다.

"미친! 저게 무슨 능력이야!"

"말도 안 돼! 저런 걸 상대로 싸우자고?"

우리의 사기는 급격하게 떨어졌다. 그리고 그녀는 다시 한번 손을 들었다. 그 손의 목적지는 우리가 있는 곳이었다.

"피해!"

누군가가 외쳤지만 이미 사람들은 본능적으로 느꼈다. 저건 못 피한다. 그 순간 누군가가 그녀의 손목에 총알을 박아 넣었다. 그러자 그녀의 손이 멈칫하더니 손을 내렸는데도 아무 일도 일어나지 않았다.

"저 미개한 인간 녀석이!"

다시 한번 아까와 같은 상황이 반복되었다. 그녀가 손을 올리면 총을 쐈다. 그러자 또다시 아무 일도 일어나지 않았다.

총을 계속 쏘던 누군가가 외쳤다. 김민수였다.

"저 녀석, 손을 올렸을 때 공격하면 공격을 못 해!"

"이것들이-."

그녀가 반대 손을 들어 다시 한번 휘둘렀다. 그리고는 그녀의 손에서 중세시대 모습으로 무장을 한 기사들이 튀어나왔다. 거기에 또 다른 재해들이 가세했다. 우리는 완전히 패배하고 있었다.

"이게 무슨 짓이지?"

그는 목소리 하나만으로 모든 사람을 압도했다. 주변에 있는 재해들이 그 남자에게 고개를 숙였다.

"아버지를 뵙습니다."

그 한마디에 우리는 모두 혼란에 빠졌다.

"아버지? 방금 아버지라고?"

"그럼 저 사람이 재해의 왕이라는 거야?"

그 순간 아버지라는 자는 눈 깜짝할 새에 내려왔다. 그의 뒤에 있던 메리가 입을 열었다.

"제물에는 손대지 않는 게 좋을 텐데."

"신경 쓰지 마라, 내가 알아서 데려간다."

그는 한 마디로 모두의 전의를 상실시켰다. 그리고 손이 내게로 뻗어져 왔다. 끝이라고 생각하는 순간 날카로운 소리와 함께 누군가가 앞을 가로막았다. 그리곤 내 앞을 가로막은 사람이 말했다.

"여~ 오랜만인걸?"

어딘가 익숙한 목소리였다. 그 목소리를 들은 편학은 싸늘한 목소리로 답했다.

"백민천-."

'뭐? 방금 누구라고?'

편학의 입에서 나온 이름은 이제는 기억도 제대로 나지 않는 아빠였다. 나는 고개를 들어, 내 앞에 있는 사람의 얼굴을 똑바로 보았다. 그의 얼굴은 알고 있던 것보다 주름져 있었고 오른쪽 팔이 있어야 할 자리에는 아무것도 없었다.

그의 존재는 그곳에 있던 사람들의 희망이 되어주었다. 그리고 그는 내 머리를 쓰다듬으면서 말했다.

"괜찮아, 민혁아?"

옛날에 들던 그 목소리가 나를 부르니 눈물이 쏟아져 나왔다. 그러자 백민천이 당황하며 나를 달랬다.

"아니 왜 그래! 많이 다쳤어?"

"아뇨, 괜찮아요. 그런데 왜 이렇게 늦게 오셨어요."

백민천은 이곳에 오기 전에 있었던 일들을 설명해주었다. 집으로 돌아갔지만, 그곳에 살던 사람은 아들을 남기고 갔다는 사실과 엄마의 납골당에 다녀왔다고 말했다. 그래서인지 백민천의 눈이 살짝 부어있었다.

"잡담은 그만하고 이제 덤비기나 하지? 나는 시간이 많이 없어서 말이야."

"그래? 그렇다면 나는 더 시간을 끌어야겠네, 민혁아 있잖아~."

백민천의 도발에 편학은 화를 참지 못하고 달려들었다. 그러자 백민천이 움직였다.

"이 자식! 죽여버리겠다!"

그 후로는 말할 수 없다. 그 싸움은 사람의 말로 표현할 수 없었으니까. 빠르게 휘몰아치는 공격과 그걸 다 막고 있는 백민천, 그 둘이서 주변의 지형을 모두 바꾸고 있었다.

"이번엔 네놈의 오른팔을 잘라가겠다!"

"그 전에 내가 먼저 네 목을 가져가겠다!"

그 둘이서 싸우고 있을 때 메리가 외쳤다.

"뭐 하고 있어! 당장 저 미개한 인간들을 없애라고!"

그 말에 재해들은 모두 우리에게 달려들었다. 하지만 우리는 백민천의 등장과 동시에 패배의 가능성이 매우 적어졌다는 것을 알 수 있었다. 그렇게 사기가 올라가 재해를 휩쓸었다.
"이것들이 진짜!"
메리는 두 손을 들고 바닥을 짚었다. 그러자 바닥이 갈라지며 엄청난 크기의 재해가 나왔다. 그 재해는 포효소리로 모두를 집중시켰다.
"제기랄! 저건 또 뭐야!"
"온다! 도망쳐!"
그 커다란 재해는 한 번의 손짓으로 그 일대를 휩쓸었다. 그 일격에 한해서는 아버지라는 그자와 비등비등할 것 같았다.
"다리를 쏴!"
김민재의 지휘에 우리는 모두 일제 사격을 했다. 그러자 재해의 중심이 무너졌고, 사람들은 넘어진 재해를 공격했다. 하지만
"뭐, 뭐야!"
"총알이 안 박혀?"
재해의 피부는 너무나도 두꺼워 총알이 뚫지 못했다. 그 시각 홀로 아버지와 사투를 벌이던 싸움의 승세가 기울기 시작했다.
"역시 인간의 몸 따위로는 버티기가 힘들겠구나, 저번에 말했듯이 너에게는 아직 한 번의 기회가 남아있다. 나에게 와라. 그 더러운 육체를 벗어 던지고 우리와 함께 가자."
"아니, 그 더러운 육체가 네놈을 상대로 버티고 있는데?"
"주제를 모르고 날뛰는구나!"
아까보다 더 매섭게 공격이 날아왔다. 그럴 때마다 백민천은 조금씩 밀려나고 있었다. 그리고 얼마 가지 않아. 싸움의 승자가 정해졌다.

"역시 네놈은 어리석은 선택을 했구나. 네 아들도 우리의 제사에 바쳐주지."

"내가? 아닌데? 난 아직 이렇게나 팔팔한데? 그리고 불리한 건 너 같은데?"

편학이 주위를 둘러보니 재해들은 없고 인간들만 가득했다. 그리고 우리의 뒤엔 쓰러진 메리가 보였다.

"아빠!"

나는 기침을 하며 피를 쏟는 아빠에게 갔다. 싸우면서 부상이 없을 수는 없었다. 아빠는 나를 향해 괜찮다며 손을 들고는 다시 전투에 임했다. 우리는 그 전투를 보면서 아무 생각도 들지 않았다. 너무나 압도적인 전력 차이, 저 싸움에 끼어들었다가는 백민천에게 피해가 갈 수 있다는 것을 그 전투를 보고 있던 모두는 알았다. 그리고 백민천이 조금씩 압박을 가하기 시작했다. 그리고 마침내 백민천이 편학을 쓰러뜨렸다. 그러나 아직 끝나지 않았다.

"끝난 줄 알았지?"

편학의 몸 안에서 조그마한 구체가 튀어나와 백민천의 몸을 장악했다.

"역시 이 인간의 몸은 뛰어나군, 전에 가지고 있던 몸이 하찮게 여겨질 정도야."

나는 순간 아무 말도 못 하고 그 자리에 서 있었다.

'지금 아빠가? 어떻게 된 거지?'

그리고 나는 모든 상황을 머릿속으로 정리했다. 그리고 나는 이성을 잃고 달려들었다. 하지만 나는 그의 손짓 한 번에 튕겨 나가버렸다.

"이 자식 감히 우리 대장을!"

백민천의 옛 동료들이 달려들었지만 그리 큰 피해를 주지는 못했다.

"네놈들 따위가 나에게 대들다니, 빨리 가고 싶은가 보군."

그는 빠른 속도로 점차 사람을 줄여나갔다. 하지만 얼마 가지 않아 그의 움직임이 느려졌다.

"아니 왜 이러지?"

편학도 그 이유를 모른다는 듯이 중얼거렸다. 그리고 그는 괴로운 듯이 가슴을 움켜쥐었다.

"이 자식, 아직도 저항하는 건가. 대단한 정신력이군."

그는 느려지긴 했으나 그래도 강했다. 하지만 이대로 두고 볼 수는 없었다. 우리는 필사적으로 싸웠다. 계속해서 싸우니 그의 약점이 보였다. 오른팔을 휘두를 때 약간에 빈틈이 생긴다. 그 틈을 노려야 한다. 그리고 그 기회는 찾아왔다. 아니, 셀 수도 없이 찾아왔지만 나는 편학을 찌를 수 없었다. 그 안에는 내가 사랑하는 아빠가 있었으니까. 그리고 그는 내가 약점을 눈치챈 것을 아는지, 나를 향해 공격했다. 그리고 나는 그의 공격을 막았다.

'막았다?'

모두가 그의 공격을 막지 못해 안달이었는데 이렇게 쉽게 막히다니, 말도 안 되는 일이다. 그렇지만 나는 그 이유를 쉽게 생각해 낼 수 있었다.

'아빠의 저항.'

나는 그의 안에서 저항하고 있을 아빠를 떠올렸다. 그 생각을 하고 있을 때 그의 목소리가 들렸다. 아니, 그보다 살짝 익숙한 목소리가 들렸다.

"민혁아-."

고개를 드니 그의 입에서 그리운 목소리가 나왔다.

"뭐, 뭐야!"

그도 예상하지 못했는지 드물게도 당황했다. 그리고 그 목소리는 계속 이어졌다.

"아빠가 아들 사랑하는 거 알지?"

나는 아빠가 무슨 말을 꺼낼지 알 수 있을 것만 같았다.

"너를 기다리는 사람이 있잖아."

"아빠-."

그리고 나는 시간이 멈춘듯했다. 그리고 목소리가 들렸다.

"할 수 있지?"

나는 그 목소리에 움직였다. 나는 울먹이며 작은 목소리로 대답했다.

"네."

어느새 목소리는 편학의 목소리로 돌아와 있었다.

"별 같잖은 것들이-."

주변에선 숨을 삼키는 소리가 들려왔다. 그가 정신을 차렸을 땐 내가 그의 가슴을 찌른 후였다. 그는 고통에 몸부림치며 나를 뿌리치려 했다. 나는 죽기 살기로 버티며 찌른 칼을 잡고 있었다. 끝내 그의 힘이 빠지더니 이어 그의 움직임이 멈췄다. 그 시점에서 나는 다리에 힘이 풀려 넘어졌다. 그리고 끝에 한마디를 더 들은 것 같았다.

"잘 지내 우리 아들."

◆◆◆

그 일이 있고 이틀 후 전 세계에서는 속보가 이어졌다. 그리고 한 달 후 우리는 먼저 간 사람들을 위한 추모식이 있었다. 그곳에는 우는 사람과 울음을 참는 사람, 그곳을 보며 경례를 하는 사람들도 있었으며 그들의 유가족도 있었다. 그리고 나는 추모식이 끝난 후 나는 다시 엄마에게 찾아왔다. 아니, 이번엔 아빠도 데리고 왔다. 엄마의 사진 옆에 아빠의 사진을 두고 그 옆에는 아빠의 유골함을 넣었다. 그리고 나는 그 옆에서 '잘 지내고 있어?'라고 하며 안부를 묻고 여러 이야기와 여러 말을 했다. 이 사태가 끝났다니 친구와는 어떻게 지내니라며, 그리고 이야기를 끝내고 옆에 있는 창문으로 바깥을 보았다. 그곳에는 노을이 걸린 하늘이 있었다.

"예쁘지? 엄마 아빠."

그리고 나는 그 자리에서 일어나 작은 인사를 하고서 그곳을 나왔다.

"너무 늦게 나온 거 아니야?"

"빨리 좀 나오지."

그곳에는 나를 기다리는 사람들이 있었다.

미련(未練)

서보경

과거망령(過去亡靈)

-그대여, 나의 과거를 잊어주시고 나를 잊어주시오.

-나는 그대를 떠나려 하니, 그대는 나를 잊고 여전히 아름답게 살아주시오.

-홀로 우는 달빛이 되기 싫어 나도 그대를 잊으려니.

아ㅡ 시간은 얼마나 흘러 흘러 지나가 오늘에 이르렀는가. 내가 잊은 모든 것들을 이 지상에 두고 떠나가야 하는가. 구름에 띄워 너에게 보낸 말들은 이제야 닿았을까. 미련을 버리지 못하는 나와 같은 이들은 언제쯤 어디로 갔나. 억겁의 시간을 버틴 이들도, 한 세월 채 되지 못한 이들도 지금의 나와 함께 떠나가야 하는가. 이리 서글픈 나와 떠나가는 영(靈)들은 과거망령(過去亡靈)이렷다.

그들은 과거의 고민, 바람, 미련들을 잊었으나 몸에 밴 기억들로 이승을 떠돌아다니는 요괴라. 모습이 특정하지 않고 어디서 나타나느냐에 따라 동물의 형태인지 사물의 형태인지 사람의 형태인지 각기 달라지는 이들이라. 모습이 달라질 때마다 사용하는 주술을 달리하여 같은 요괴일지라도 다른 요괴라고 착각하는 이들이 많이 있는, 평소에는 사람 형태로 과거의 기억을 찾아줄 누군가를 기다리는 미련한 요괴라고도 불리는 이들. 그들은 직접적으로 인간을 해치지는 않으며 자신의 몸에 밴 기억으로 인해 인간을 해치는 일은 다분하고, 몸에 밴 기억들이 인간을 도와주는 일도 꽤 많은 선하고도 악한 지상에 남아서는 안 될 존재.

이 존재들은 미련을 모두 비리고 나면 구천으로 돌아가야 하니, 지상에 돌아다니는 이 미련한 자들을 누군가 도와주길. 누군가가 바라고 있다.

…

"내가 그대를 찾아가리다. 기억을 잊었으나 몸에 남아있는 그대의 흔적을 따라 억겁의 시간이라도 더 바쳐 내가 그대를 찾으리다. 그러니 기다려다오. 내가 인간일 시절의 내 사랑이여."

"나를 기다리고 있을 그대여 나는 그대를 잊어도 그대가 날 잊지 않았기에 내가 그대를 찾아가리다."

그 숲속의 소문

"이보시게, 안 씨. 자네 그거 아나? 저기 저 숲속에 과거를 못 잊은 망령 하나가 산다지 뭐야?"

휘영청 달 밝은 밤에 곱게 핀 벚나무가 잘 보이는 기와로 지어진 지붕이 몹시도 아름다운 집 앞에서 수군대는 소리만이 바람 소리에 섞여 들리고 있었다. 안 씨라고 불린 한 남성은 지위가 선비 정도는 되어 보였으며 그 옆에서 숲속에 있다는 망령의 소문을 조잘조잘 얘기하는 이는 조금 지위가 낮은 이처럼 보였다. 안 씨는 망령의 소문을 듣고선 의문을 가졌다. 그도 그럴 것이 숲속에는 산짐승과 산짐승을 닮은 요괴뿐이라던 소문이 돌기 시작한 지 얼마 채 되지 않았으니 의문을 품을 법도 하지 않은가.

"여우와 처녀를 닮아 인간을 꼬여 잡아먹는다던 구미호도, 희고 긴 털을 가진 호랑이 요괴인 장산범도, 곰처럼 생긴 도깨비인 나티도 아닌 과거를 못 잊은 망령이라니? 분명 저 숲에는 산짐승을 닮은 요괴들만이 있던 게 아닌가?"

"어휴, 나도 그런 줄 알았거든? 그게 아니더라고, 산짐승을 닮은 그것 같은데 어느 순간 보면 또 사람 모습을 하고 있고 또 어느 순간 눈을 돌렸다 다시 보게 되면 사물의 형체를 하더라고 하지 뭐야!"

"호오, 그런 흥미로운 요괴가 저 숲속에 있단 말이지?"

"설마 안 씨, 또 그 의지뿐인 호기심이 피어올랐나? 어차피 지금 그 숲에 산짐승도 나오는 바람에 출입 금지 지역이 되었으니 이상한 호기심 때문에 괜히 다치지 말고 곱게 집에 있으시게나."

그리 말한 소문을 물고 왔던 남성은 슬슬 자리를 떴고 안 씨는 그 자리에 남아 천천히 주위를 둘러보다 남성이 말한 그 숲속으로 발걸음을 옮겼다. 달빛 아래에 희미하니 보이는 길을 따라 걷는 안 씨의 발걸음은 무거우면서 가벼웠다. 그리고 얼마나 걸었는지 오랜 시간이 지나 달이 구름에 몇 번이나 가리어졌는지. 숲 앞에 다다랐을 때 까마귀는 울고 부엉이가 울고 바람 소리와 섞인 산짐승들의 울음소리가 안 씨는 겁나지 않는지 거침없이 발걸음을 옮겨 산속 깊은 곳으로 향하였다. 제 어미인 나무에서 떨어져 땅바닥에 나뒹구는 나뭇잎을 밟아 들리는 바스락 소리와 바람에 이리저리 휘날리며 다른 나뭇가지들과 부딪히는 소리가 섞여 들려오는 숲은 달빛이 유독 밝고 하늘이 짙어 기이하게도 들렸다.

"달빛이 밝아 길이 잘 보이니 다행이구나. 달이 밝지 않았다면 호롱불도 없이 이 위험한 길을 걸을 뻔했으니."

그런 안도의 말을 내뱉으며 숲속 저 어딘가의 어둠을 향해 걸어 산책하듯 거닐던 안 씨의 주변이 삽시간에 적막에 휩싸였다. 방금까지 살살 불어오던 바람도 멈추고 이제는 산짐승 소리도 들려오지 않게 되었다. 불안을 안고.서 몇 걸음 더 갔을까, 장옷을 덮고 나무에 기대어 색 가쁜 숨을 내쉬며 얕은 잠에 빠진 처녀 하나가 있었다. 그녀의 눈시울은 붉었고 가쁜 숨을 내쉬는 걸 보아하니 어딘가 불편한 게 틀림없었다. 그녀가 어째서 이런 외진 숲속 깊은 곳에서 이리 누워있었는지에 대해 의문이 든 안 씨이지만 우선 사람을 살리는 것이 먼저였기에 의구심은 잠시 접어두고 처녀를 업고서 산 아래로 내려가 정 씨 의원을 찾았다. 정 씨는 이 마을에서 최고로 꼽히는 의원이자 자신의 하는 일에 자부심과 의지를 가진 드문 이이기에 안 씨는 정 씨라면 이 처녀를 살려주리라고 믿고 의원에 찾아갔다.

기억 잃은 낭자

숲속보다야 너무나도 평화로운 마을에서는 시장 거리에서의 말소리가 살살 들려오는 의원에서 업무를 보고 있는 정 씨만이 앉아있었다. 그러다 급한 발소리와 함께 처녀 하나를 업고 들어오는 안 씨를 보고 놀라며 사정을 물었다.

"아이고, 안 씨 아닌가! 이 아씨는 누구인고? 아니, 그보다 무슨 일이길래 이 아씨는 이리 아픈 듯 보이는 건가?"

"내가 오늘 저녁 즈음에 들었던 소문 때문에 숲속에 갔다가 발견했네. 그 아씨가 누군지, 아픈 이유는 모르겠으나 이대로 두면 안 될 것 같아 정 씨에게 찾아오게 되었네."

"하, 그 호기심은 어디 안 가구려. 예전에도 그 호기심 때문에 그 아이가…. 아, 아니네. 내가 말실수했어. 표정 풀게나. 일단 그 아씨부터 보지, 점점 상태가 심각해져 가는 그것 같으니."

"…그래, 알겠네. 나는 손님방에서 기다리고 있겠네. 잘 부탁하지 정 의원."

"내가 몇 년이나 사람을 살리고 있었는데, 믿고 맡겨주게나."

그렇게 정 의원은 처녀의 치료를 위해 약재 방에서 필요한 약을 챙겨 치료하였고 안 씨는 정 씨에게 말했던 대로 손님방에서 약간의 불안을 안고.

정 의원도 안 씨도 잠이 든 깊은 밤, 여태 앓고 누워 있던 처녀의 모습을 한 안 씨가 들은 소문의 과거망령인 그녀는 천천히 일어나 밖을 향했다. 달이 점점 뉘엿뉘엿 넘어가기 시작하는 시간이 되었고 그녀는 자신을 구해준 두 사람을 한 번 돌아보고는 숲속으로 다시 돌아가려던 찰나. 어떤 소리에 깬 건지 모를 안 씨가 문턱에 서 있는 처녀를 불렀다.

"낭자, 이 깊은 밤에 도대체 그 몸을 이끌고 어딜 가려 하오."

"…."

아무 말 없이 조용히 안 씨를 바라보던 처녀는 달빛을 등져 얼굴이 제대로 보이지 않아 기이하게도 요괴 같은 느낌이 들었다. 마치 그 처녀를 발견했던 숲속에서 느꼈던 기이함이 그녀에게도 보이자 안 씨는 어느 때보다도 호기심이 부풀어 올랐고 도대체 이 낭자는 누구인가, 어떤 이이기에 이리도 기이한 분위기를 풍기는 것인지 참으로 궁금해졌다.

"…안정혁, 맞지요?"

"예? 그 이름을…. 낭자가 어찌 압니까?"

다짜고짜 자신의 이름을 말하는 낭자의 말에 당황과 의문에 가득 차 멍해진 채 바라보는 안 씨였다. 그런 안 씨를 눈 하나 꿈쩍하지 않고 마주 보던 처녀는 천천히 입을 열어 말하기 시작했다.

"저는 기억을 잃었습니다. 내가 누구인지 기억나지 않아요. 그런데 당신을 본 순간 당신의 이름은 알겠더군요. 이유를 아십니까?"

"나야 모르지. 정 궁금하다면 정 의원에게 물어보러 가는 건 어떤가?"

안 씨의 제안에도 미동도 하지 않다가 느릿하게 걸음을 옮겨 정 의원이 있는 방으로 향하였고 안 씨는 바로 그녀를 뒤쫓아가며 얘기했다.

"정 의원에게 가는 거요? 같이 가게나. 나도 낭자가 내 이름을 도대체 어떻게 아는 건지 궁금하니."

그렇게 안 씨와 낭자는 함께 정 의원의 침소 앞으로 가서는 문을 두어 번 두드리자 정 의원은 막 잠에서 깬듯한 차림으로 둘을 맞이했다.

"아직 일어날 시간이 아닌데, 무슨 일이오? 둘 다."

"낭자가 기억을 잃었다는데, 내 이름은 알고 있더군. 왜 그런 건지 알겠는가?"

"그런 기억상실증은 듣지도 보지도 못했네. 기억을 잃었는데 처음 보는 이의 이름을 어찌 아는가?"

"그걸 모르니 내 정 의원에게 물어보지 않나."

"안 씨, 나는 몸을 치료하는 의원이지 뭐든 다 아는 건 아닐세. 정 무슨 이유에서 낭자가 안 씨의 이름을 아는지 궁금하다면 영령사(靈靈使)를 찾아가 보게나. 워낙 신통해서 점도 보고 세상에 이치에 맞지 않는 일의 원인도 안다고 하니. 도움이 될걸세."

그 말을 들은 안 씨와 낭자는 정 의원에게 아침밥을 얻어먹고서 영령사를 찾아 나섰다. 영령사는 한참을 걸어야 나오는 아랫마을에 있었기에 가는 길에 먹을거리와 만약 쉴 곳을 발견했을 때를 대비하여 푼돈 몇 냥을 챙겼다. 그리고 그 길로 둘은 함께 아랫마을로 출발했다. 한 시진에 걸쳐 아랫마을 쪽으로 향해 걸었을까 슬며시 보이는 집채들에 안 씨와 낭자는 발걸음을 빨리해 아랫마을에 다다랐다.

"여기가 그 영령사가 있다는 아랫마을인가…. 낭자, 나를 잘 따라오시게. 길을 잃기라도 하면 곤란하니 말야."

"…예, 알겠습니다 나으리."

안 씨는 영령사의 집을 찾고, 낭자는 안 씨를 얌전히 따라다니며 마을을 돌아다닌 지 얼마나 흘렀을까. 저 멀리서도 느껴지는 영(靈)의 기운이 가득한 집 한 채를 발견한 안 씨는 곧바로 낭자를 데리고서 그 집으로 향했다. 둘이 집에 도착했을 때, 최 씨 영령사는 어찌 안 것인지 그 둘을 기다리고 있었다며 집 안으로 안내해 들어선 곳은 기이한 모양의 조각상들이 가득 늘어져 있고 커다란 상에 향초 하나가 올려진 방이었다. 영령사 최 씨는 상 한쪽 편에 앉아 맞은 편을 손짓하며 마주 앉으라 얘기하고는 두 사람이 앉자마자 이야기를 시작했다.

"내 이야기를 하나 해주지. 안 씨 옆의 낭자에게 도움이 될 이야기일 걸세."

비운의 사랑이야기

"옛날 옛적에 한 마을에 호기심 많은 도령이 살고 있었네. 어느 날 윗마을에서 집을 옮겨온 낭자를 만났고 둘은 벗처럼 지냈고 그 둘은 점차 연모의 마음을 느끼게 되어 사랑을 나누기 시작했다네."

천천히 읊조리듯 얘기하는 최 씨는 이야기를 하면서 계속 안 씨를 쳐다보았고 안 씨는 그런 최 씨가 왜 그러는지 눈치채지 못하고서 영령사 최 씨의 이야기만을 집중해서 듣고 있었다.

"한참 풋풋하고 달달한 사랑을 나누던 둘에게는 큰 시련이 덮쳤다네. 알고 보니 도령과 낭자의 신분차이 때문에 주변은 둘의 사랑을 막으려 하였지만 사람마음이 어디 마음대로 되는가?"

"당연히 밀회를 하며 계속 사랑을 이어나갔고 시련은 그것이 끝이 아니었네. 어느 날 호기심 많은 도령이 낭자에게 산속으로 가자 했고 그곳에서 나들이하듯이 둘이서 산을 거닐고 있었다네."

거기까지 말한 영령사는 잠시 숨을 돌리는 듯 앞에 언제 놓였는지 모를 차 한 모금을 들이키고는 다시 말을 이어나갔다.

"그러다 갑자기 다른 관심거리를 찾은 도령은 낭자에게 둘이 같이 있던 장소 그대로에 서있으라 말하고는 잠시 어디론가 가버렸다네. 도령은 그때 낭자를 두고 가면 안 되었네."

"왜냐하면… 도령이 자리를 떠나 조금 지나고서 산짐승이 나타나 낭자를 덮쳤거든. 목청아 터져라 도령을 불러 자신을 구해달라 소리치던 낭자는 결국… 도령을 보지 못하고 구천으로 돌아가 버렸다네."

"이야기는 이게 끝이네. 이제 이 얘기가 도대체 낭자에게 무슨 도움이 되나 궁금할 테지."

"당연한 거 아니오? 게다가 우리는 아직 뭐가 궁금한지도 얘기하지 않았는데 뭘 알려주려 하는 건가."

"급하신가 보구려. 천천히 얘기해드리지요. 저는 영령사입니다. 영혼의 심부름꾼이자 대변인이라는 소리이지요. 저는 저 낭자의 영혼의 기억을 본 겁니다. 육체가 기억을 잃더래도 영혼은 기억을 잊지 않으니 말입니다."

"그럼… 영령사님께서 얘기해 주신 이야기는 제가 잊은 기억이라는 건가요?"

"예, 낭자. 그대가 잊어버린 기억이기도 하며 잊어버릴 수밖에 없는 기억이기도 합니다."

"그건 또 무슨 뜻인가요…?"

"그대는… 이 지상에 존재하면 안 되는 이네. 사실 알고 있지 않나 낭자? 그대가 인간은 아니라는 사실을."

"…"

"그 말에 대한 대답은 하지 못할 것 같습니다."

도저히 이해하지 못할 이야기가 오가는 걸 지켜보고만 있던 안 씨는 자신이 가진 의문을 풀고자 영령사에게 조심스레 질문을 했다.

"…설마 낭자가 요괴라도 된다는 말이오?"

안 씨의 말에 방안 순식간에 싸한 정적이 맴돌았고 그것은 안 씨가 얘기한 말이 맞다는 것을 증명하는듯했다. 가만히 안 씨를 보고 있던 최 씨 영령사는 한숨을 한 번 푹 내쉬고는 말을 시작했다.

"안 씨는 정말 촉 하나는 좋구려. 맞네, 저 낭자는 요괴이니라. 선하지도 악하지도 않은 그저 미련 많은 요괴라, 주술도 별로 사용하지 않고 그냥 평범한 인간과 딱히 다를 바 없고 자신도 모르게 실체화하고 있을 때가 많아 많이들 요괴인지 모르지."

"그리고 내가 한 가지 알려주자면 낭자의 기억의 도령은 안 씨 당신이네."

놀랄만한 발언을 하고는 무덤덤히 안 씨와 낭자를 내보냈고, 영령사의 집에서 나온 둘은 아무 말 없이 다시 안 씨가 사는 마을로 돌아왔다.

또다시 시작될 억겁의 시간

마을에 돌아와서는 이틀날이나 지나도록 낭자와 안 씨는 말 한마디 섞지 않고 있었다. 그 과정에서 안 씨는 영령사가 들려준 낭자의 기억을 다시 떠올리며 자신의 과거를 회상했고, 그러면서 과거의 자신의 실수로 인해 잃어버린 소중한 이가 낭자였다는 것을 알게 되었다.

그러나 운명은 기구하게도 안 씨가 낭자를 찾아 나섰을 때는 이미 낭자는 숲속으로 돌아갈 채비를 하고 있었다.

"낭자, 지금… 뭐 하고 있는건가?"

"이제 숲속으로 돌아가 요괴로 지내다 미련을 천천히 버려 이제는 구천으로 돌아가야지요. 정확하진 않아도 기억도 되찾았겠다. 더 이상 마음이 향하던 그 사람을 찾는 건 포기하렵니다."

낭자의 말에 머뭇거리다 낭자의 옷소매를 잡은 안 씨는 퍽 간절한 듯한 표정으로 낭자에게 말한다.

"기억이 잘 나지 않지만 내가 과거에, 내 실수로 인해 목숨을 잃은 것이 낭자였을지도 모르네. 예전에, 아주 오래전에 내가 지켜야 할 작은 여자아이를 내가 두고 가버리는 바람에 잃었었네."

"…그때, 내가 낭자를 두고 가지 말았어야 했네. 내 잘못이야. 그러니 다시 떠나겠다느니 그런 소리는 하지 말아주게나. 그대가 인간이 아닐 지여도 나는 그대를 사랑하고 있네. 그대도 나와 같은 마음이라면 부디 나를 또다시 떠나는 일 따위, 하지 말아주게. 낭자."

"그렇지만 아시지 않습니까. 도령과 저는 이 시대에서는 이미 이별한 거나 마찬가지 아닙니까. 저는 믿고 있습니다. 다음 생에는 만날 수 있으리라고."

그 말을 끝으로 낭자는 공기에 녹아들어 구천으로 떠나버렸고 그 자리에는 소리 없이 눈물을 흘리는 안 씨만이 서있게 되었다.

그렇게 미련은

그대여 나를 잊을 때 울지 마시오서. 그대여 억겁의 시간이 지난다 해도 내가 그대를 사랑한 것은 한치의 거짓부렁 하나 없었음을 기억해주오.

언젠가 우리 억겁의 시간을 버티고 버텨,
다시 태어나 만나는 그 날을 기리며.

그렇게 미련(未練)은 버려졌다.

그렇게 나는 이 시대의 그대를 떠났다.
같은 시대를 인간으로서, 영(靈)으로서 그대와 함께 있을 수 있었다는 것에 감사하며
다음에도 같은 시대에서 같은 이유로 이번과는 다르게 오래 사랑하길.
그렇게 미련은 버리고 버려 기대로 바꾸어 기다리겠습니다.

나티
이고원

나티

무릇 도깨비라면 인간을 좋아하기 마련이지만, 나티는 조금 달랐다.

나티는 인간을 두려워했다. 아니 무서워했다는 것이 조금 더 타당한 말이라고 생각이 된다.

도깨비니까. 인간보다 더 강한 것은 당연하고 힘도 더 강해도 나티는 인간을 무서워했다.

나티는 본인의 두려움을 겪어본 적 없는 인간이라는 그것에 대한 공포라고 자연히 생각하며 지냈다. 본디 모든 생물은 겪어본 적 없는 것에 대해서는 심히 두려워하고 무서워하는 편이니까. 같은 논리로 나티는 인간들이 저희 도깨비들을 좋아하면서도 조금 무서워한다는 것도 알고 있었다.

그렇지만 친구들은 그런 나티의 공포를 이해하지 못했다.

심지어 나티 자신은 인간 모습에 제일 가까운 도깨비였다. 그런 나티를 친구들은 이해를 못 했고, 몇몇은 그런 나티를 싫어했다. 자신들은 인간과 닮게 보이기 위해서 온갖 주술, 술법을 다 쓰는데, 나티는 인간 모습과 제일 가까우면서도 인간을 무서워했다는 것이 친구들의 눈에는 고깝게 보였다.

친구들이 장터 서는 날 씨름 대횟날 마을 잔칫날, 여러 핑계를 대며 인간 마을에 같이 가자고 해도 나티는 의연하게 제 옷고름에 달린 마치 대나무처럼, 따라가지 않고 산짐승과 놀 뿐 인간 마을 근처에도 얼씬댄 적이 없었다.

마을의 어른 도깨비들은 나티가 친구들의 제안을 거절하면 꼭 몇 마디씩 덧붙여 말했다.

“애 너는 나중에 어떻게 하려고 그러니?”

“사회성이 너무 없으면 나중에 힘들단다.”

그렇지만 나티의 부모님은 그런 자식을 친구들과 달리 시장에 같이 가자는 둥 ‘인간과 어울려 지내야지.’ 같이 그런 말 한번 없이 나티를 지켜봐 주셨을 뿐, 다른 도깨비들처럼 나티를 몰아치거나 강요하는 일은 없었다.

나티는 아무 말 없이 자신을 지지해주는 부모님이 감사했다.

“나티!! 너도 이제 인간들과 어울려 살아야지!!”

“그래. 언제까지 혼자서 지낼 거니?”

“가면 술이라도 얻어 마실 수 있는데?”

시간이 흘러 장터 서는 날이 돌아오고 씨름 대횟날이 돌아오고 잔칫날이 돌아오고 자신을 꼬드기는 동갑 도깨비의 말이 돌아왔지만, 나티는 당연하게도 거절했다.

이쯤이면 자신을 인간 마을에 데려가는 것으로 내기라도 한 것이 아닌지 나티는 속으로 의심하며 고개를 저었다.

아직도 나티는 인간이 무서웠으니까.

나티와 햇빛

해가 쨍쨍한 어느 날이었나. 이날은 유난히노 해가 밝게 떠서 어두운 숲속 잎사귀 건너편에 누가 있는지도 바로 알 수 있을 정도로 시야가 탁 트이던 날이었다.

나티는 여느 날과 다름없이 토끼와 곰과 여러 새와 함께 술래잡기하고 있었다.

숲에서 달리고 나무를 타고 심심하면 열매를 따 먹고. 평화로운 날이었다.

그러나 그날은 햇빛이 너무 밝았다. 너무.

풀숲에 누워서 가만히 나티는 해를 바라보고 있었다. 나티는 그때 눈치를 챘어야 했다.

토끼랑 곰, 곁에 있던 새들까지 모두가 없어졌다는 것을

'사브 작'

나티의 바로 옆 덤불에서 누군가가 나뭇잎을 밟는 소리가 났다. 그때까지도 나티는 아무 생각이 없었다. 그야 이 숲속은 인간들은 잘 오지 않는 숲속이니까. 인간은 당연히 아니겠거니 하고 그 발소리의 주인을 한 사슴이나 노루쯤으로 생각했다.

'삭-'

'타박타박-'

바람이 갈리는 소리가 나고는 무언가 육중한 것이 쓰러지는 소리가 들리곤 무언가가 뛰는 소리가 들렸다. 깜짝 놀란 나티는 상체를 일으켜 세워서는 황급히 소리가 들린 고개를 옆으로 돌려 덤불을 확인했다. 쓰러진 것은 사슴이었고….

그 곁에 있는 것은 인간 여자아이였다.

그녀는 당황했다. 인간이 여기까지 온 것은 나티기 살이온 몇십 년 중에는 처음이었다. 그리고 그렇게 인간을 가까이 본 것은 나티의 몇백 년 인생 중에는 처음이었다.

흔히 사람들은 자신보다 무서운 존재를 보면 그 자리에 얼음처럼 얼어 못 움직인다고 한다는 것을 나티는 예전에 누구에게서 들은 적이 있었는데 그 이야기는 인간뿐만 아니라 도깨비에게도 적용되는지. 지금 나티가 딱 그 모양이었다.

"아…."

놀란 것은 나티뿐만 아니라 그 여자아이도 마찬가지였나보다 그 아이도 나티처럼 그 자리에서 굳어서는 움직이지 않았으니까.

그러다 먼저 움직인 것은 그 여자아이였다. 나티를 신경 쓰지 않고는 그 아이는 조심스럽게 사슴 다리를 집어 들고는 질질 끌어서 자신 쪽으로 끌고 갔다. 그리고는 익숙하게 화살촉을 빼고는 다시 어깨의 화살통에 피를 잘 닦아서 넣었다.

그 일말의 과정을 나티는 지켜보고 있었다.

그 아이는 그러고는 자신을 바라보는 나티를 향해 힐끗 보고는 고개를 수그려드려서 인사하고는 사슴 다리를 어깨에 올린 채 나왔던 그 덤불 속으로 사라졌나.

주머니에서 노리개 하나를 떨어뜨린 채로 말이다.

나티와 노리개

그 여자아이가 떠나고 몇 분? 아니 몇 시간이 지났을 수도 있다.

그동안 나티는 그 자리에 그대로 가만히 있었다. 이제 해가 뉘엿뉘엿 서산을 타고 넘어갈 때쯤. 나티는 자리에서 일어났다. 그리고 그 노리개를 바라보았다. 그리고 고민했다. 그 노리개를 주울지 말지.

나티는 그 노리개를 주울 수밖에 없었다.

그야 그녀도 도깨비였으니까. 본디 도깨비라는 족속은 호기심이 강한 편이었다.

나티는 그렇게 노리개를 주워들고는 다시 자신의 집으로 향했다.

집까지 오니 벌써 하늘은 청흑색이었다.

나티는 아무 말 없이 제 방으로 향해서는 방문을 잠그고 제 방에 누워 노리개를 들여다보았다. 나비 장식 밑에 꽃이 여러 개 달리고 술까지 달린 그 노리개는 사냥할 때 조금 피라도 튄 것인지 가끔가다 핏자국이 보였다.

"음…."

나티는 곰곰이 그 여자아이를 떠올려봤다.

실끈 묶은 어깨까지 오는 갈색 머리칼에 어깨에는 화살통에 손에는 활.

영락없는 사냥꾼의 모습이었다.

'그런데 보통 여자아이가 사냥을 하나?'

나티는 고개를 갸웃거렸다. 친구들에게서 들은 사냥꾼은 대부분 다 남성이었다.

역시 그녀도 영락없는 도깨비였다. 나티는 왜 사냥꾼인지 그 여자아이에게 물어보고 싶어서 팔짝 뛰고 미칠 지경이었다.

"역시 다시 만나는 그것밖에는 답이 없겠어."

나티가 내린 결론은 이거였다.

나티는 제 호기심에게 인간에 대한 공포를 내어줄 수밖에 없었다.

"근데. 어디서 다시 만나지?"

나티는 다시 머리를 싸매었다.
그 누구에게도 이 고민을 알리고 싶지 않았기에 나티는 혼자서 생각하는 수밖에 없었다.
그야 그럴 것이 부모님에게도 친구에게도 이 고민을 이야기하면 기분파인 그들은 드디어 나티가 인간에게 관심이 생겼다면서 잔치판이라도 벌일 놈들이었으니까.

바람이 스산하게 나티의 집을 훑고 지나갔다. 해가 쨍쨍했던 아침과는 완전히 딴판이었다.
결국 나티는 결심했다.
자신도 오늘 날씨처럼 180도 바뀔 필요가 있다고. 생각하며 나티는 그 아이를 찾기 위해 내일 인간 마을로 향하기로 했다.
호기심에 공포를 내어준 나티는 천하무적이었다.

나티와 그 아이

어제 호기심에 잠겨버린 천하무적 나티는 내일 당장 인간 마을로 향하리라 마음먹었다.

그리고 오늘 결전의 날이었다. 나티는 정성껏 머리를 묶고 벽장에 고이 넣어두었던 청색 도포를 꺼내 입고는 노리개를 챙겼다.

그렇지만. 문제가 생겼다. 나티는 인간 마을이 어디에 있는지 몰랐다.

그래서 그녀는 하는 수 없이 어제 그 아이가 뒤돌아서 사라져 버린 그 덤불 쪽으로 향하기로 했다.

'좋아.'

나티는 산을 올랐다. 어제 그 장소까지는 원래대로라면 쉽게 갈 수 있으나 도포를 걸치니까 너무 불편해서 조금 힘들게 나티는 산을 올랐다.

나무 하나를 지나고 두 개를 지나고 세 개를 지나고⋯.

산을 오르기 시작한 건 분명 아침이었으나. 왜 도착하고 보니 점심때가 되었는지⋯.

그래도 나티는 어제의 그 장소까지 도착했다.

오르는 동안 더웠는지 이마에 얼굴에 땀이 송골송골 맺혀있었다.

나티는 조금 쉬는 참이라며 근처 바위에 걸터앉았다.

그때였다.

'삭-'

'타박타박-'

분명 어제의 그 활 소리였다. 그럼 그 발소리는 분명!
나티는 종종걸음으로 소리가 들린 곳으로 향했다.
풀잎을 하나 제치고 나뭇가지를 두 개 제치고….
엉킨 덤불을 풀어헤쳐서 얼굴을 쏙 내밀고 수위를 둘러보니 어제 그 여자아이가 있었다!
그 아이는 오늘도 사냥에 매진하는 중인지 옆에는 꿩부터 노루 그리고 토끼 몇 마리까지 고루 놓여있었다.

나티는 어떻게 다가가야 할지 고민했다.

'갑자기 나가면 너무 놀라려나?'

고민한다고 그 아이가 무엇을 하는지 신경도 못 쓴 채 생각을 하고 있었다.

"아?!!!"

나티를 발견했는지 그 아이는 놀랐는지 비명 아닌 비명을 질렀다.
그도 그럴만한 게 누군가가 덤불 속에서 머리만 내밀고 자신을 지켜본다면 안 놀랄 사람이 어디에 있겠는가.
그 아이는 나티와 눈을 마주치자마자 꿩과 토끼…. 아무튼 자신의 사냥감을 집어 들고는 도망가려고 하였다.

"잠깐!! 기다려!!"

나티는 덤불에서 얼른 나와서는 소리쳤다.

아이는 도망가려다가 나티의 부름에 조심스럽게 뒤를 돌아보았다.

나티는 이때다 싶어서 손에 노리개를 들고 소리쳤다.

"이거!! 네 것이지??!!"

"네…."

그 아이는 나티의 손에 들린 자신의 노리개를 보고는 눈을 다람쥐처럼 동그랗게 뜨고는 나티를 바라보고 대답했다.

"자!!"

"가, 감사합니다."

나티는 어떤 용기가 났는지는 몰라도 그 아이에게 다가가서는 노리개를 손에 쥐여주었다.

아이는 감사하다는 반응이 인형같이 바로 돌아왔다.

그런 아이에게 나티는 어제부터 줄곧 궁금했던 것을 물어보았다.

"너. 사냥꾼이야?"

"!! 잘못했어요. 도깨비님."

아이는 갑자기 잘못했다고 나티에게 빌기 시작했다. 그 아이는 나티가 도깨비인 것도 알고 있었다.

"아니, 아니 왜 잘못했다고 하는 거야?"

"그야…. 멋대로 동물을 잡았으니까요."

"딱히? 상관은 없는데, 근데 너 진짜 사냥꾼이야?"

"네. 원래는 제 아버지가 사냥꾼이신데…. 돌아가셔서."

"아- 그런 거였구나…."

"예?"

"너 이름이 뭐야?"

◆◆◆

나티와 그 아이는 많은 이야기를 나누었고, 나티는 그 아이에 대해서 많이 알 수 있었다.

아이의 이름은 설향. 나이는 16살, 산골짜기 밑의 오두막에서 아버지와 둘이서 살고 있었다고 했다. 지금은 아버지가 돌아가셨지만…. 산골짜기 밑이라면 도깨비 마을과 아주 가까운 곳이었다. 설향이의 이야기를 다 듣고 나니 마치 그동안 억눌러져 있던 인간에 대한 궁금증이 싹이 마구잡이로 틔우듯이 나티는 설향이에게 아주 많은 흥미가 돋았다.

"자 가자!"

"네?"

"짐 들어줄 테니까 너희 집까지 같이 가면 안 돼?"

"네. 같이 가요."

그렇게 설향이와 나티는 함께 사냥감을 들고는 설향이의 집으로 향했다.

나티와 십자가

설향이의 집은 매우 평범한 초가집 그 이상도 그 이하도 아니었다. 아버지는 돌아가신 지 얼마 안 되었는지 예를 들면 잘 베어져서 정돈되어있는 장작이라든지 집 안 구석구석에는 아버지의 흔적이 남아있었다. 나티는 구석에 꿩이랑 노루를 놓아두고는 설향이를 따라 마루에 앉았다. 설향이의 집은 산골짜기 끝 쪽에 있어서 그런지 바람이 아주 스산하게 불면서도 햇볕이 아주 따스하게 마루를 비추고 있었다. 나티가 바람을 맞으며 앉아있으니 설 향기는 자두를 몇 알 따와서는 나티에게 내밀었다.

“여기 드세요.”
“아. 고마워.”

나티는 웃으면서 자두를 한 입 베어 물었다. 햇빛으로 달구어진

따뜻한 자두의 싱그럽고 새콤한 맛이 나티의 입안으로 퍼졌다. 평화로웠다.

자두를 씨앗 근처까지 다 먹고는 나티는 집안을 휘휘 둘러보았다. 그러다가 반짝하고 무언가가 나티의 이목을 끌었다.

"이건 뭐야?"

"아, 이건…. 십자가에요. 천주교를 믿는 사람들의 증표 같은 거죠."

"천주교?"

나티는 생전 처음 들어보는 말에 고개를 갸웃갸웃했다.

그런 나티를 바라보며 설향이는 계속해서 이야기를 이어갔다.

"네! 천주교를 믿으면 다음 세상에서는 더 편하게 살 수 있대요. 아 그리고 모든 사람은 신 앞에서 평등하대요. 양반 천민 상관없이요!"

"그렇구나."

웃으면서 이야기하는 설향이 손에 들려진 십자가는 햇빛에 반짝였고, 나티는 무슨 말인지는 모르겠지만 웃으면서 이야기하는 설향이를 보며 나티는 고개를 끄덕였다.

그렇게 천주교 이야기, 여러 이야기를 하다 보니 벌써 하늘이 타는 것 같은 붉은 색이 되었다.

이제는 돌아가야 할 시간이라는 걸 나티도 설향이도 직감했다.

"가실 시간이죠?"

"응. 내일 봐."

설향이와 나티

나티는 도깨비 마을로 돌아오면서 생각했다. 인간이라는 것도 그렇게 무서운 존재가 아니라는 것과 도깨비들과 있는 것보다 더 편안하다는 것 그리고 어디선가 겪어본 것 같은 느낌이 든다는 생각들이 나티의 머리 안을 둥둥 떠다녔다.

열심히 발을 놀려 도깨비 마을로 돌아왔을 때는 달이 휘황찬란하게 떠서 산꼭대기를 장식하고 있었다. 늦게 배운 도둑질이 무섭다고, 나티는 내일도 설향이에게 가보자는 생각을 마음 한편에 품은 채 방에 누운 채 다사다난했던 오늘 하루를 떠올리며 눈을 감았다.

◆◆◆

아침 일찍, 나티는 설향이에게 향했다. 커다란 시루떡과 함께. 시루떡의 출처는 어제 제 친구들이 잔칫상에서 얻어온 것이었다. 시루떡이 달랑달랑 단내를 풍기며 보자기에서 흔들렸다.

어제 돌아오면서 설향이의 집은 완벽하게 외워서 가는 길은 어제보다는 수월했다.

계곡을 거치고, 커다란 벚꽃 나무를 지나고, 그대로 아래로 내려가면 설향이의 집이 나온나.

설향이의 집에 다다르자 나티의 발걸음은 자연스럽게 들떠서 가벼워졌다.

그러나 설향이의 집은 어제와 같지 않았다. 장독대는 깨져있고, 어제는 가지런히 있던 장작더미는 누군가가 찬 듯이 널브러져 있었다.

"설…. 향아?"

나티의 목소리가 엉망진창인 집에 울려 퍼졌다.

그때 뒤편에서 어제 들었던 익숙한 목소리가 울려 퍼졌다.

"나티님."

"괜찮아?"

다행히도 설향이는 집 꼴과는 다르게는 다친 구석은 없었다.

"도대체 무슨 일이 있었어?"

사건의 경위는 이러했다. 천주교를 박해하는 마을에서 올라온 사람들이 설향이의 집에 있는 십자가를 보고 설향이를 찾아서 관청으로 끌고 가려고 하였으나 설향이는 운 좋게 집에 없었기에 그냥 집 안만 박살을 내고 갔다는 것이었다.

나티는 한숨을 내쉬었다. 이번에는 잘 지나갔으나 다음번에는 또 올 수도 있다는 것 때문이었다. 적어도 나티가 친구들에게 들어서 알고 있는 인간들이라면 그러고도 남을 인간들이었다.

나티는 조용히 설향이에게 물었지만, 나티의 말이 채 끝이 나기도 전에 설향이의 말이 치고 들어왔다.

"설향아. 집을 옮기는 것이…."

"안 돼요! 여기는 저희 부모님의 집이에요 절대 이사할 수 없어요!"

완강하게 말하는 설향이 탓에 나티는 더 물을 수가 없었다.

나티는 대신 제 도깨비불을 꺼내어서는 설향이의 집을 수리하라는 명령을 내리고는 설향이를 바라보며 말했다.

"혹시 다음에 또 이런 일이 있으면 말해줘."

"네."

설향이는 나티의 말에 고개를 끄덕거렸다.

◆◆◆

집을 박살을 내는 것은 한 번이면 족했을 텐데, 한 번 난리를 친

지 얼마나 되었다고.

벌써 두 번째다. 나티는 이번에도 제 도깨비불을 꺼내 또다시 설향이의 집을 말없이 수리했다.

설향이는 침울한 표정으로 집 근처 움푹 파헤쳐져 있는 세 아버지의 묘를 바라보았다.

'이런 망할 놈들…. 어디 남의 묘소를 함부로 파헤치는 거야?'

나티는 속으로 온갖 욕설을 그들에게 퍼부었다. 한 번 더 이런 일이 있다면 너의 3대의 씨를 말려버릴 거다. 하고 말이다.

나티와 인간

여느 때와 같이 설향이의 집을 수리해주고 마을로 돌아온 나티는 제집 대청마루에 누워있었다. 제집도 넓으니 같이 살자고 이야기하고 싶은 마음이 굴뚝같았지만 설향이가 과연 그 조건을 받아들이는 것은 둘째치고, 마을 어르신들이 반대할 것 같아 고민이었다. 그렇게 이런저런 생각을 하면서 고요의 시간을 즐기고 있었을 때….

마을에 무슨 일이 생긴 듯 시끌시끌해졌다. 나티는 몸을 일으켜 무슨 일이 생긴 건지 확인하러 설래설래 일어나서 발걸음을 옮겼다.

"무슨 일이에요?"

"아 나티. 저것 좀 봐 산골짜기 밑 집에 불이 났어!!"

"네?"

"참 좋은 사람이 살고 있던 집이었는데…."

"맞아 맞아 그 집 아범이 동지마다 팥죽도 기가 막히게 잘 쑤었는데, 결국 그 집 딸도 가는구나."

나티에게는 그 뒤에 말은 전혀 들리지 않았다. 그저 '산골짜기 밑에 집에 불이 났다는 것' 그것만이 귀에 박혔을 뿐이었다.

'젠장.'

나티는 산골짜기 밑 집을 향해서 곧장 달렸다. 바람보다 더 빨리 나티는 달리고 또 달려서는 설향이의 집으로 향했다. 설향이의 집에 가까워지면 가까워질수록 매캐한 화염의 연기와 어디선가 맡아보았던 이상꿉꿉한 향이 코를 감쌌다. 설향이의 집 앞에는 많은 사람들이 있었다. 화려한 옷차림을 보아하니 그 들은 아마 관청에서 나온 사람들이겠지. 그들은 하나같이 웃고 있었다. 불을 지른 것도 그들이겠지. 불이 난 집안을 바라보니 쓰러진 설향이와 십자가가 있었다.

'아. 그래 이상할 만큼 이상꿉꿉한 향은 시체가 불에 타는 향이었구나.'

그리고 그 뒤의 일은 나티의 기억 속에서 사라졌다 나티가 기억해 낸 것은 기억의 조각뿐이었다.

'그저 화를 냈더니만 산골짜기가 무너지고 많은 사람들의 비명 소리가 들리다가 약속이라도 한 듯 한순간에 정적을 자아냈다는 것과

어린 시절에도 이런 일이 한 번 있었다는 것. 그때 나에게는 힘이 없어서 부모님이 겨우 구해주셔서 살아났다는 것과 그리고 내가 무서워한 것은 인간의 그 집단의 힘이었다는 것.

도깨비 마을로 돌아와서 나는 쓰러지듯이 마루에 엎어졌다는 것'

이것이 나티가 기억하는 전부였다.

◆◆◆

나티는 그로부터 사흘 뒤 해가 잘 드는 어느 날 조용히 무너진 산골짜기 밑으로 가서는 조용히 봉긋한 무덤 하나를 만들고는 도깨비 마을로 돌아가서는 다시는 도깨비 마을 밖으로 나가는 일이 없었다.

허윤서

마을의 전설

1497년 조선 연산군 3년, 한양 끝에 있는 작은 산속 마을에서는 적갈색 머리를 가진 아이는 신으로 모셔지는 풍습이 있었다. 신으로 모셔진 아이는 가장 산 깊은 곳에 집에서 살았으며 신자들에게 모셔지며 시간 대부분을 가만히 보내는 것이 일상이었다. 그런 아이가 하는 일은 신자들과 마을 사람들의 소원을 들어주는 것이었다. 자신들의 소원을 들어주는 신에게 고마움을 표현하기 위해 신자들은 한 달에 한 번 신에게 제물을 바쳤다. 이때까지는 가축이나 음식 등을 바쳤지만 이번 달은 특별하게 사람을 제물로 바쳤다. 제물로 바쳐지게 된 아이는 눈을 천으로 가리고 자신을 데려가기 위해 온 신자에게 의지한 채 신의 집으로 가게 되었다.

신의 집에 도착한 아이는 눈을 가린 천을 풀지도 않은 채 가만히 앉아있기만 할 뿐이다. 얼마나 지났을까, 발소리와 함께 물이 떨어지는 소리가 점점 가까이 다가오고 있었다. 그리고 차가운 손이 천에 닿았다. 그 순간 시야가 밝아지며 빛이 쏟아져 내렸다. 얼굴을 찌푸리고 있자 개구쟁이 아이 같은 목소리가 들려왔다.

"어라? 눈이 부신 건가요?"

목소리에 놀란 아이가 뒤를 돌아보자 한복이 아닌 일본 양식 옷을 입고 있는 신이 고개를 갸웃거리고 있었다. 신은 제물로 바쳐진 아이보다 어려 보였으며 입고 있는 옷도 헐렁해 보였다.

아이는 신의 안내를 받아 자신의 방에 들어왔다. 제물로 바쳐져 신에게 그대로 죽임당할 것 같았던 아이는 죽는 것이 아니라 신의 친구로 가는 것이었음을 신의 안내를 받으며 자신의 방으로 향할 때 그 사실을 알았다. 신의 안내를 받는다니 현실이 아닌 것 같은 현실에 웃음만 나왔다. 그때 누군가가 방문을 두드렸다. 들어오라고 하자 신이 양손에 무언가를 가득 가지고 들어왔다. 자세히 보니 모두 나무를 깎아 만든 목각 인형이었다. 이게 무엇이냐는 눈빛으로 쳐다보자 신은 자신이 직접 만든 인형이라며 첫 인간 친구라 주고 싶었다고 말했다. 아무것도 하지 않고 사람들의 소원만 들어준다는 소문과는 다르게 무언갈 많이 하는 것 같았다. 목각 인형은 서툴긴 했지만 잘 만들었다는 말이 나올 정도였다.

신과 같이 지내기 시작한 지 3개월이 흘렀다. 그동안 아이는 신에 대한 많은 것을 알았다. 신은 집 앞에 있는 연못 안에서 일광욕하는 것을 좋아한다. 아이와 신이 처음 만난 날 물방울이 떨어지는 소리가 난 이유도 이 때문이었다. 신의 이름은 '신카이 카나타' 일본식 이름이다. 이 풍습이 일본에서 전해졌기 때문에 신에게는 일본식 옷과 일본식 이름이 당연하게 이어져 내려오게 되었다. '신카이 카나타'의 뜻은 심해 저편이라는 뜻이다. 신이 물을 좋아해서 그렇게 이름 지었는지는 모르겠지만 지금 신과 이름이 딱 어울린다. 하지만 가끔은 정말 신이 심해 속으로 사라질 것만 같은 느낌이 들어 무서울 때도 있다. 신카이 카나타, 그러니까 신은 태어날 때부터 신으로 모셔져 자라왔기 때문에 평범한 사람의 삶을 궁금해한다. 나는 평범한 사람이 어떻게 살아가는지 이야기해주었고 그 과정에서 서로 말을 놓게 되었다. 난 고아라 이름이 없었기에 마을 사람들이 나를 '훈'이라고 불렀듯이 신도 나를 훈이라고 불렀고 나는 신을 '카나타'라고 부르게 되었다. 앞에서 말했듯이 난 고아라 마을 어르신분들이 키워주셨다. 그렇기에 이번에 신에게 바쳐질 제물을 구할 때도 키워주신 은혜를 보답하기 위해 기꺼이 제물이 되겠다고 말했다. 처음에는 두려우면서 후회도 됐지만, 지금은 후회하지 않는다. 오히려 제물로 지원해서 다행이랄까. 지원하지 않았으면 부모 잃은 가여운 아이로 살아갔겠지만, 지원했기에 지금 신과 친구까지 하고 있지 않은가! 어릴 때부터 영웅, 신 같은 존재를 좋아했던 내 눈에는 신의 친구가 된 내가 자랑스러웠다.

카나타는 시도 때도 없이 호수에 들어가 있는 것을 좋아한다. 한마디로 비가 오나 눈이 오나 겨울에도 호수에 몸을 담그고 있는 것을 좋아한다는 뜻이다. 여름에는 물이 미지근하다며 호수에 들어가지 않고 화장실 욕조에 물을 받아 온종일 욕조에 있는다. 신기하게도 감기는 안 걸린다. 감기 걸릴까 봐 노심초사하며 초조한 건 나뿐이고 신자들과 정작 본인은 대수롭지 않아 하며 자기가 할 일을 한다. 그러던 여름 어느 날, 결국 카나타는 개도 안 걸린다는 여름 감기에 걸려버렸다. 나는 카나타에게 언젠가는 감기 걸릴 줄 알았다며 잔소리를 퍼부어냈나. 카나타는 그 잔소리가 걱정이라는 것을 알았는지 잠자코 듣기만 했다. 열에 시달리다 잠이 든 카나타를 보던 훈이는 주방으로 가서 죽을 만들기 시작했다. 나도 살면서 아파서 죽을 먹어본 적만 있지 죽을 직접 만들어 본 적은 없었다. 그렇기에 옆에서 죽을 만드는 것을 구경했던 기억을 짜내며 우여곡절 끝에 죽 만들기를 끝냈다. 죽을 만들고 난 이후의 주방은 마치 개판 5분 전 상황처럼 보였다. 나는 엉망이 된 주방을 정리하다 카나타의 끙끙거리는 소리를 듣고 방으로 달려갔다. 끙끙거리던 카나타의 목소리를 듣고 놀란 훈이는 "카나타!! 괜찮은 거야? 안 아파?"라며 온갖 걱정과 잔소리를 쏟아붓기 시작했다. 그러자 카나타는 듣기 귀찮다는 듯 말을 자르며 목마르다고 하자 훈이는 스프링이 튀어나가듯이 뛰어나가 물을 가져왔다. 카나타가 정신을 차리자 훈이는 죽을 가져와 카나타에게 먹이기 시작했다. 카나타가 어느 정도 먹고 나자 훈이는 약을 먹이고 다시 카나타를 재웠다. 훈이가 열심히 카나타를 돌봐줘서일까 카나타의 상태가 점점 나아지기 시작했다.

며칠 뒤 완전히 다 나은 카나타가 다시 호수에 들어가려 하자 훈이는 기겁을 하며 한동안은 호수 근처에 가는 것조차도 금지했다. 평소에 하는 것이 호수에 몸 담그거나 인형 만드는 것이 다였던 카나타는 훈이에게 인간의 삶을 들려달라고 한다. 훈이는 자신이 고아였으며 마을 어르신들의 손에서 키워졌다는 것과 자신이 봤던 사람들이 어떻게 살아가는지를 전부 말해줬다. 이야기가 끝나고 훈이가 카나타를 쳐다보자 카나타의 눈이 초롱초롱해진 채로 훈이를 바라보며 자기도 그렇게 살아보고 싶다며 마을로 내려갈 때 같이 내려가도 되냐고 물었다. 그 말을 들은 훈이는 자신은 상관없지만, 신도들에게 알리고 가는 게 어떠냐며 카나타에게 말했다.

신도들에게까지 알린 둘은 평범한 옷을 입고 마을로 내려갔다. 오랜만에 마을로 온 훈이를 보며 마을 사람들은 반갑게 맞이했다. 훈이와 반갑게 인사하며 훈이 옆에 있는 사람을 궁금해하자 훈이는 거기에 사는 신도의 아이인데 마을로 내려가 보고 싶어 하기에 데려왔다고 거짓말을 했다. 그 말이 납득 갔는지 사람들은 아무 의심 없이 카나타에게 이것저것 챙겨주고 알려주기 시작했다. 카나타가 마을 사람들에게 끌려가 마을에 대해 듣고 있자 훈이의 주변으로는 아이들이 슬금슬금 모여들기 시작했다. 그리고 동시에 훈이에게 달려들자 훈이는 그대로 아이들에게 깔려 잔디로 넘어졌다. 그 순간 아이들이 웃으며 "오랜만이야!!"라며 훈이에게 왜 마을에 안 왔는지 어디로 갔었는지 물으며 수다를 떨기 시작했다.

마을에서 신나게 논 둘은 다시 산으로 올라가며 얘기를 나눴다. 카나타는 마을에 내려가서 겪은 일이 재밌었는지 눈을 반짝이며 상기된 목소리로 조잘거렸다. 훈이가 옆에서 장단을 맞춰주기만 하면 카나타는 더 신나서 얘기하기 시작했다. 그들의 대화는 새벽 동이 뜰 때쯤에 끝났다. 어제 얘기를 하느라 새벽까지 깨어있었던 아이들은 점심시간이 지난 후 겨우 일어났다.

마을에 갔다 온 이후 카나타는 자신이 평범한 사람이었으면 어땠을까 하는 생각을 자주 하기 시작했다. 혼자서 그런 생각을 계속하던 카나타는 비장한 표정으로 훈이에게 갔다. 훈이에게 간 카나타는 "나 인간으로 살아볼래!"라며 해맑고 순수한 얼굴로 폭탄 발언을 한다. 그 말을 들은 훈이는 벙쪄있다가 다시 한번 말해달라며 현실 부정을 하기 시작했다. 카나타는 신도들에게도 폭탄을 던지고 아무 일 없었단 듯이 평소처럼 행동했다. 당연히 카나타의 말을 들은 신도들은 놀라 뒤집어져 절대 안 된다며 앞으로 며칠 간은 밖으로 나갈 생각도 하지 말라고 하며 외출 금지를 선언하였다. 하지만 카나타는 언제 만들어 둔 건지 비밀통로를 만들어 둔 곳으로 훈이와 함께 탈출을 시도한다. 그 결과 신도들은 또 어떻게 알았는지 통로를 나오자마자 잡혔다. 결국 훈이와 카나타의 방 앞, 뒤로는 신도들이 지키고 서 있었다. 신도들이 얼마나 운동을 열심히 했는지 탈출하려고 시도를 하는 즉시 다시 방으로 돌아와 있을 것 같은 느낌이었다.

며칠 후, 카나타는 방에서 혼자 무언가를 만드는지 손을 꼬물거리며 집중하고 있었다. 카나타의 옆에는 커다란 인형이 있었다. 훈이는 인형을 보고 놀라 넘어질 뻔했다. 카나타의 옆에는 카나타와 똑같은 얼굴, 똑같은 체구의 인형이 놓여있었다. 카나타는 인형에 튀어나온 실밥을 정리하고 있었으며 그 옆에는 훈이와 똑같이 생긴 인형이 있었다. 당황스러운 표정을 짓고 있는 훈이를 보며 카나타는 자신의 탈출 계획을 알려줬다. 카나타의 탈출 계획은 우리를 닮은 인형을 두고 신도들이 잠든 틈을 타 이곳을 탈출하자고 말했다. 또한 자신은 이제 신이 아닌 인간으로 살아가고 싶다며 훈이에게 같이 가자고 부탁했다. 순간 훈이는 이게 맞는 건가 싶으면서도 아무것도 경험하지 못하고 외롭게 살던 친구의 계획을 거절하지 못했다.

그날 밤, 카나타와 훈이는 신이 사는 신성한 곳이라고 불리는, 사실은 외롭고 고독한 곳을 탈출했다. 그날 이후 마을에서는 적갈색 머리를 가진 아이가 태어나지 않았으며 신과 제물이 사라진 날 신을 본 사람은 아무노 없었다고 한다. 소문으로는 신이 인간 세상에 지루함을 느껴 바다로 돌아갔다는 말도 있었지만 그건 소문일 뿐 신이 정말 바다로 돌아갔는지는 아무도 모른다.

그렇게 역사에 적힐뻔했던 그 마을의 이야기는 마을의 전설로만 남아 사람들의 입을 통해 말로만 전해져 내려오게 되었다.

구미호전

구미호, 사람의 간을 먹고 인간이 되고 싶어 한다는 괴물. 사실 구미호는 풀을 먹으며 사는 초식 동물이었다. 그런데 왜 우리가 아는 구미호는 사람 간 빼먹는 구미호냐고? 구미호가 사람의 간의 먹게 된 사연을 말하자면 구미호는 원래 평범한 여우였다. 우리가 아는 여우들과 함께 숲에서 뛰어놀고 사냥도 하며 풍족하진 않아도 나름 행복하게 살고 있었다. 여우에게는 부모님, 누나, 형까지 5명의 가족이 함께 살고 있었다. 그러던 어느 날 아무도 오지 않던 숲으로 인간 한 명이 찾아온다. 옆 산에 살고 있던 친구의 말로는 나무를 가지러 인간들이 온다고 했던 기억이 있어 나무를 가지러 왔다고 생각하던 여우는 그게 아니었다는 것을 바로 깨달았다. 숲에 온 인간은 날아다니는 새와 사슴 등 동물을 보면 닥치는 대로 죽이기 시작했다. 나무를 가지러 온 나무꾼이 아니라 동물을 사냥하러 온 사냥꾼이었다. 무자비하게 동물을 죽인 사냥꾼은 죽인 동물들을 가지고 산 밑으로 내려갔다. 사냥꾼이 간 후 숨어있던 여우는 풀 밖으로 나온 순간 기절할 뻔했다. 푸르고 평화로웠던 숲은 새빨간 붉은 피들로 물든 채 두려움에 떨고 있었다. 또한 사냥꾼이 가져가지 않아 바닥에 널브러져 있는 농불들의 사체로 인해 공포에 휩싸였다.

그날 이후, 숲은 평화를 되찾은 것처럼 보였으나 사실은 아무도 말을 꺼내지 않은 채 애써 밝은 분위기를 만들어 사는 것이었다. 또한 숲의 동물들은 인기척을 내는 것조차도 조심하며 살았다. 동물들의 사람에 대한 경계는 날마다 더욱 심해져 갔다.

오늘따라 숲이 조용했다. 주변의 인기척과 숨소리조차 조심해서 내야 할 것 같은 분위기였다. 그 순간 여우의 부모님 목소리가 깨질 듯이 들리며 동시에 “탕!!”하는 소리가 연속적으로 들리기 시작했다. 얼마나 지났을까 총소리가 사라지고 숲이 조용해지자 눈을 질끈 감았던 여우는 눈을 떴다. 눈을 뜬 여우의 앞에는 총에 맞아 하얗고 보드라웠던 털이 빨갛고 진득진득해진 털이 되어있었다. 가족들의 시체를 본 여우는 오열하기 시작했다. 가족을 묻어준 채 슬픔에 빠진 여우에게 사슴이 말해준 것은 잠복한 채로 사냥감을 노리던 사냥꾼이 여우를 발견하고 총을 쏘려고 하자 여우의 가족들이 여우의 둥글게 막아선 채로 죽었다는 것이었다. 여우는 그 말을 듣고 그때 피하지 못한 자신에 대한 화남과 자신을 지키기 위해 죽은 가족들에게 아무것도 해줄 수 없었다는 무력감으로 뒤덮였다. 그리고 무력감으로 가득 찬 여우는 점점 깊은 무력감으로 빠져들었다. 무력감에 빠진 여우는 점점 아무것도 하지 않기 시작했다. 따뜻하고 아늑했던 집은 차갑고 먼지가 쌓여갔다. 여우는 아무것도 먹지 않고 아무것도 하지 않았다. 그저 자다가 일어나서 울다가 다시 잘 뿐이었다. 그러다 여우는 가족을 죽인 사냥꾼에게 복수하기로 했다. 이날 이후 여우는 완전히 변했다. 무기력했던 여우는 다시 활발하게 생활하기 시작했고 집을 깨끗하게 청소했으며 다시 음식을 먹기 시작했다. 그렇게 열심히 먹고 체력도 기른 여우는 숲을 떠나 숲 밑에 있는 마을로 내려가기를 결심했다. 마을로 내려간 여우는 사람에게 들키지 않게 조심조심 다녔다. 그러던 그 순간 숲으로 사냥을 왔던 사냥꾼과 똑같이 생긴 사람을 보게 된다. 화를 주체하지 못하고 뛰어들려는 순간 머릿속으로 숲에서 동물들이 신신당부했던 말이 떠올랐다. "여우야, 사냥꾼과 똑같거나 비슷하게 생긴 사람을 봐도 절대 바로 달려들면 안 된다!" 여우는 그 말을 떠올리며 화를 참았다. 그리고 그날 밤, 여우는 사냥꾼과 똑같이 생긴 사람의 집으로 몰래 들어간다. 방으로 들어간 여우는 사냥꾼처럼 생긴 사람을 물어뜯기 시작했다. 또한 여우는 그나마 먹을만했던 간을 가져갔다. 여우가 왔다가 간 자리에는 한 남성의 피로 물든 시체와 피로 찍힌 여우의 발자국뿐만이 남아있었다.

그 뒤로도 여우는 사냥꾼과 닮은 사람을 닥치는 대로 죽이기 시작했으며 죽은 사람의 집에서 꼬리가 9개인 흰 여우의 그림자가 있었다는 목격담과 간을 가져갔다는 말이 합쳐져 그 여우를 꼬리가 아홉 개 달린 구미호라고 부르기 시작했다. 이 이야기는 어린아이들의 눈물을 그치게 할 방법이었으며 또한 책으로도 기록이 남아 훗날 전래동화로 만들어진다.

연습실의 유령

“너네 그 소문 알아? 혼자 춤 연습하고 있으면 연습실 틈 사이로 쪽지 한 장이 떨어진대!”

“야 그걸 누가 믿냐? 오늘 내가 한 번 갔다 옴.”

이라고 당당하게 말하고 연습실에 오긴 했는데…. 무섭다!! ‘하필 그 이상한 괴담을 듣고 와서 정말!’ 일부러 노래를 크게 틀고 연습을 하고 있는데 거울로 보이는 천장에서 떨어지는 종이 한 장이 보인다.

‘잠깐…. 종이 한 장?!?!?!?’

놀라 떨어질 뻔한 심장을 부여잡고 조심스럽게 종이를 보니 춤에 대한 부족함과 추가해야 할 것이 적혀있었다. 적힌 대로 다시 연습하니 원래 하던 것보다 더 자연스러워졌다. 누군진 몰라도 좋은 사람인 듯 보여 소문에 대한 것은 잊은 채로 먹을 것을 준비해 연습실 구석에 두고 자신을 도와준 사람이 들으라는 듯 큰 소리로 “여기에 먹을 거 둘게요!!"라고 말한 후 다시 연습을 시작했다.

몇 시간 후, 연습을 끝내고 구석을 본 나는 놀라 얼어붙을 뻔했다. 내가 둔 간식을 먹고 있던 사람이랑 눈이 마주친 거다. 내가 당황해 벙쪄있던 사이 그 사람은 "히이익!"이라는 비명 소리만 남긴 채 떡하니 있던 연습실 문이 아닌 천장으로 사라졌다.

그날 이후로 나는 연습을 도와주는 천장 위의 친구에 대한 고마움을 담은 간식과 그 간식 사이에 끼워진 쪽지를 가져와 매일 연습실에 가서 연습하기 시작했다. 그 노력이 천장 위 친구에게도 전해진 걸까, 어느 순간부터 간식 바구니 사이에 작은 쪽지가 생기기 시작했다. 쪽지를 모아서 본 결과 천장 위의 친구는 '희준'이라는 이름의 친구였으며 부끄럼을 많이 타고 소심해 사람을 피해 다닐 길을 찾다가 이 건물의 통로를 빠삭하게 알게 됐다고 적혀있었다. 나는 희준이와 친해지기 위해 예고의 1학년 연습실부터 3학년 연습실까지 돌며 '희준'이라는 이름을 가진 친구를 아는 사람을 찾아다녔지만 희준이를 아는 사람은 어디에도 없었다. 그때 조심스럽게 다가온 선생님이 누굴 찾냐고 물었다. '희준'이라는 사람을 찾는다는 말을 들은 선생님은 놀라셨다.

"희준이를 어떻게 아니? 희준이는 우리 학교 학생이었다만…."

"학생이었다니요? 지금 다니고 있는 게 아니었나요?"

"그게 무슨 소리니? 희준이는 1년 전에 교통사고로 죽었단다."

나는 선생님의 이야기를 듣고 머리가 띵해졌다. 그러니까 내가 알고 있던 희준이가 1년 전에 죽었다는 말인데 그럼 연습실에 있는 희준이는 학교에 있는 귀신이라는 말인 건가. 나는 마지막으로 딱 한

번만 더 연습실을 가보기로 했다. 연습실을 가자마자 반기는 것은 희준이의 목소리였다.

"오늘도 연습하러 왔구나?"

"오늘은 연습하러 온 게 아니라 너한테 물어볼 게 있어서 왔어."

"나한테 물어볼 거? 아, 혹시 동작에 관한 거야? 동작은 한번 봐줄게"

"아니 그게 아니라 너 혹시 귀신…이야?"

내가 그 말을 한순간 주위가 조용해졌다. 뭔가 싸한 느낌이 듦과 동시에 소름이 끼치는 소리가 들려왔다.

"그걸 어떻게 알았어? 아무도 몰랐는데…."

라는 말과 동시에 어디론가 끌려가는 느낌을 받으며 정신을 잃었다.

그날 이후 그 연습실에서 한 학생이 사라졌다는 소문과 함께 그 연습실은 폐쇄되어 사람들 기억 속에서도 천천히 잊혀갔다.

화분

언제부터인가 연서가 들고 다니는 화분이 생겼다. 화분에는 보라색 히아신스가 활짝 펴있다. 겨울이 끝나갈 무렵에 피는 꽃인데 지금은 6월, 이미 꽃이 지고도 남을 시간이지만 언제 보든 활짝 펴있기만 할 뿐이다.

연서는 하루 종일 화분을 들고 다니는데 화분을 아기 다루듯이 대하기에 이상한 소문이 돌아다닌다. 연서가 들고 다니는 화분에서 죽은 현준이를 떠올린다나 뭐라나.

현준이라는 친구는 내 제일 친한 친구였으며 연서의 남자친구이기도 했다. 현준이는 2달 전 불의의 사고로 죽었다. 현준이가 죽은 날 연서가 아무렇지 않아 보였지만 남자친구를 잃은 충격이 컸나보다 하고 넘겼다. 하지만 그렇게 넘긴 게 내 실수였을지도 모른다, 아니 내 실수였다.

연서에게는 그 이후 이상한 소문들이 꼬리처럼 달렸고 나는 소문이 사실이 아니라며 친구들에게 말하고 다녔지만 얼마 후 소문이 거짓이 아니라 사실임을 알게 되었다. 심심해서 도서관에 있는 『여러 나라의 미신들』이라는 책을 빌려 읽기 시작했는데 어디선가 들어본 듯한 문구가 눈에 밟혔다. 그 페이지에는 작디작은 한 마을의 미신이 적혀있었는데 죽은 사람을 잊지 못하는 사람들이 죽은 사람의 피를 화분에 물처럼 주면 그 꽃에 죽은 이의 영혼이 깃든다는 미신이었다. 그리고 그 미신은 연서에게 따라다니는 소문의 내용과 일치했다. 그러니까 정리하자면 연서에게 따라다니는 소문이 거짓이 아니었으며 한 마을의 미신이라는 말이다.

그 책을 본 후 나는 머리를 한 대 맞은 듯이 머리가 띵해졌고 화분을 확인해야 한다는 생각만이 머리를 채우고 있었다. 꽃들 사이에서 화분을 찾은 나는 화분을 코에 갖다 대었다. 그러자 희미하게 남아있던 비릿한 향이 코로 밀려 들어왔다. 그와 동시에 연서가 내 손에 들려있던 화분을 빼앗아갔다. 나는 연서에게 그 소문들이 사실이냐고 묻고 싶었지만 연서의 얼굴을 보자 말을 할 수 없었다. 연서의 눈은 울고 싶지만, 눈물이 메말라 더 이상 울지 못하는 눈이었다. 그 순간 어렴풋이 보라색 히아신스의 꽃말이 떠올랐다. 보라색 히아신스가 영원한 사랑을 나타내는 꽃말이었음을.

꽃말이 떠오른 순간 모든 것이 이해되었다. 연서에게 꼬리표처럼 붙어있던 소문들이 정말 진실이며 그 화분은 현준이를 잊지 못하는 연서의 마음이라는 생각이 들었다.

그날 이후 나는 연서의 소문에 대해 아는 척하지 않았다.

작가 후기

권나현 : 제가 지은 시가 책으로 출판되는 것이 정말 신기하고 기분이 좋습니다. 처음에는 시를 적는 것이 어렵게만 느껴졌습니다. 시의 소재를 정하는 것이 어려웠고, 시를 표현하는 것에서도 어려움을 겪었습니다. 시를 제대로 써본 적 없는 저에게 시를 짓는다는 것은 마냥 어렵기만 했습니다. 하지만 소재를 머릿속에 그려놓고 차근차근 시의 내용을 적어보니 시에 대한 어려움이 점차 풀려나가기 시작하였고 마침내 시 한 편이 완성되었습니다. 직접 시를 쓴다는 것은 정말 힘들지만 한편으로는 보람을 느낄 수 있었습니다. 원래는 시에 대해서 관심이 없었지만 한 편 두 편 쓸수록 점차 시에 대한 관심도 생겨 저에게 알찬 시간이 되었습니다.

이서연 : 시를 써볼 수 있어서 재미있었습니다. 어떤 때는 지루하기도 했지만 끝까지 해내는 것에 목표를 두었습니다. 그렇지만 여전히 시 쓰는 것은 너무 어려운 것 같습니다.

이우찬 : 학교 동아리에서 책쓰기를 할 때는 힘든 점이 많았는데 우수작품으로 선정되어서 책을 출판하게 된다니 뿌듯합니다.

임서준 : 처음부터 끝까지 제가 생각해서 쓰는 작업이어서 생각이 잘 안 나고 어려웠지만 막상 책을 출판한다고 하니 뿌듯했습니다.

정지형 : 일단 책을 직접 써볼 경험이 살면서 몇 안 될 거 같은데 그런 멋진 경험을 학교에서 친구들과 함께하여 즐거웠습니다. 아이디어가 잘 생각나지 않아서 힘들기도 했지만 그것도 좋은 경험이었다고 생각합니다. 다음에 이런 기회가 오면 더 열심히 길게 쓰도록 노력해야겠습니다.

천가현 : 책 만드는 동안 재미있는 경험을 한 것 같아서 좋았습니다. 친구들이랑 같이 만들어서 더 뜻깊었고, 조금은 힘들었지만 즐거운 시간이 되었습니다.

이동호 : 주장글을 쓰면서 글 쓰는 것이 어렵다는 것을 다시금 깨달았습니다. 글을 쓰기 위해 여러 자료들을 조사하며 배경지식이 넓어질 계기가 된 것 같아 의미가 있었던 것 같습니다. 또한 주장글을 쓰면서 나 자신의 주장을 하면서 근거를 갖추며 글을 쓰기 위해 노력했던 것이 기억에 많이 남습니다.

노영우 : 처음에 이 동아리에 들어왔을 때는 친구와 함께 재미있는 시간을 보내기 위해 들어왔지만 하다 보니 관심이 생겼고, 재미도 생겨서 나름대로 최선을 다해 글을 쓰게 되었습니다. 글을 써보는 좋은 경험을 하게 되어 뿌듯한 마음이 듭니다.

서보경 : 소재를 정하기 전부터 제목을 '미련'으로 정했습니다. 그 이유는 예전에 저는 하고 있던 일이나 사람과의 관계에 미련을 가졌었기 때문입니다. 미련을 안고 살아가며 깨달은 것은 과거에 매달리기보다는 현재와 미래를 살아가는 것이 더욱 가치 있고 행복해지는 일인 것을 깨달았습니다. 그렇기 때문에 간접적으로나마 로맨스를 통해, 새로 창작된 어떤 존재를 통해 과거의 미련을 버리지 못하면 인생을 행복하게 살 수 없다는 것을 말하고 싶었습니다. 소설을 다 적고 나서는 애정 깊이 쓰던 글의 마지막이라고 생각하니 더 쓰고 싶은 마음이 들었지만 이 글을 쓰고 다음에 글을 쓰는 저는 더 성장해 있길 바라며 완성했습니다.

이고원 : 마지막 중학교 3학년 때 친하게 지냈던 친구들과 책을 출판하게 되서 기쁘고 어쩌다 보니 작년에 이어서 또 책을 출판하게 되어서 기분이 묘하기도 하고 신기합니다. 코로나 때문에 못했던 추억 쌓기를 이 출판이라는 경험으로 제대로 쌓은 것 같습니다. 아마도 중학교 3년 중 제일 많이 회자될 기억으로 남을 것 같습니다. 살짝 후반부가 마음에 들지 않지만 출판이라는 기회를 주셔서 감사합니다.

허윤서 : 처음에는 남은 동아리 중 그나마 괜찮아 보여서 책쓰기 부에 들어왔는데 막상 글을 쓰려고 하니 어떻게 시작해야 할지 아무것도 모르겠고 시작과 끝을 어떻게 적어야 할지도 몰라서 처음에는 막막했었습니다. 그래도 조금씩 생각나는 소재를 적어보고 거기서 점점 더 글의 분량을 늘려가다 보니 점점 흥미가 생겼습니다. 글을 쓰기 시작할 때부터 끝날 때까지 글의 소재를 생각해서 풀어쓰는 것이 어려웠지만 그래도 글을 완성시키고 나니 뿌듯하고 재미있었습니다.

열여섯, 그 너머의 기록

초판 1쇄 발행 2023. 1. 31.

지은이 권나현, 이서연, 이우찬, 임서준, 정지형, 천가현,
이동호, 노영우, 서보경, 이고원, 허윤서
엮은이 이지선 선생님
펴낸이 김병호
펴낸곳 주식회사 바른북스

편집진행 김재영
디자인 박시현

등록 2019년 4월 3일 제2019-000040호
주소 서울시 성동구 연무장5길 9-16, 301호 (성수동2가, 블루스톤타워)
대표전화 070-7857-9719 | **경영지원** 02-3409-9719 | **팩스** 070-7610-9820

•바른북스는 여러분의 다양한 아이디어와 원고 투고를 설레는 마음으로 기다리고 있습니다.

이메일 barunbooks21@naver.com | **원고투고** barunbooks21@naver.com
홈페이지 www.barunbooks.com | **공식 블로그** blog.naver.com/barunbooks7
공식 포스트 post.naver.com/barunbooks7 | **페이스북** facebook.com/barunbooks7

ISBN 979-11-92942-15-5 03810